河出文庫

犬の生活／ヒトデの休日

高橋幸宏

河出書房新社

犬の生活／ヒトデの休日

＊目次

I　犬の生活

犬の生活
ヒトデの休日

I 犬の生活

青山ロマネコンティ事件

思わず生ツバを飲み込んだ。文字通り手に汗を握っている。

周囲に気づかれぬように、軽く深呼吸。その〝周囲〟も、まさに固唾《かたず》を飲んで試合の行方《ゆくえ》を見守っている。

ほんの軽い気持ちだったのだ。いつものように勝者にはビールが一杯おごられる、そんなどうってことのない試合のはずだった。

ところが今日の対戦相手の山本耀司《ようじ》氏は、ほんの少し酔っていた。

「ユキヒロ、ビール一杯なんておもしろくないよ。ワイン一本ってのはどう？」

「いいねぇ。そうしましょう。どうせなら、いいワインがいいよね。そうだ、ロマネコンティなんかどう？」

簡単に応えてしまった自分を僕は心から責める。市価三〇万円以上はするだろうと言われる六〇年代もののロマネコンティ。こんな遊びのビリヤードの賭けの対象なんかにしてしまったこと、マジメなワイン好きが聞いたら泣くだろうな、と想う。

ここ、青山の会員制クラブには、今夜も常連組が集まって、僕と山本耀司とのふってわいたような〝対決〟を、半分好奇の眼で、また半分はそのおこぼれを期待する眼で、じっと見つめているのである。

そして、そのほとんどが男、なのだった。

大の男が球の行方に一喜一憂し、その目的はワインで、心中はわりに真剣、という、こんなある意味ではナサケない状況が、実を言うと僕は好きだ。

だいたい、ビリヤードに女性は必要ないのである。だが、ここ数年の間に嵐のようにやってきて、嵐のように去って行ったビリヤード・ブームは、この〝女〟という部分が重要なポイントを占めていたようだ。

「一緒にビリヤードでもしない？」

と連れ出し、あるいは男同士でプール・バーに行って女の子を物色する。ま、レクリエーションとしてのスポーツなんてものは多かれ少なかれ似たようなところがあって、それは「どうしてテニス人口がサッカー人口より多いか」という問題と同様だ。けれども、ブームになる以前から始めていた僕の場合、どうしてもビリヤードと女性は結びつかないのだ。

僕だって女性が嫌いというわけではない。しかし、しかしだ。女にビリヤードは似合わねぇ、という考えは変わらない。いや、正直に言えば、あのねぇ、女の子がいるとやりにくいんですよ、意識しちゃって。特別な感情が介在しない女性であっても、じっとプレイを見つめられちゃったりしたら、まずほとんどの男は、そのコンセントレーションに支障をきたし、ふだんの半分も実力が出せないのではないか。

だから、たまに見かける〝ビリヤードが妙にサマになっている女性〟というのはもう論外で、そういう人は決まってウマくてね。スタイルなんかも良かったりして、しかもワン・レン、いわゆるボディ・コン風のワンピース着用だったりしちゃったら、もう申し分ナシなわけで、い、いや困る。僕はキライなのだ。ホントだってば。

男が落ち着いてビリヤードをするならば、やはり男同士に限る。それも行きつけの場所で、顔馴染《なじ》みの人たちと、飲みたい酒を飲みながら、撞《つ》く。ああ、至上の喜び。

ここまでくると、もう流行なんて「どーでもいーもん」となる。

そして、この店に通う常連たちは、みな、その「どーでもいーもん」派に属する男たちなのだ。言いかえれば、〝愛すべき個性派たち〟。

たとえば我が実兄、高橋信之。容姿、顔ともに僕とはちがい、人から「とても肉親とは思えない」と言われるルックス（決して、良い悪いということではない）の彼の場合なぞ、その撞き方はガイドブックには決して登場しない独特なスタイルで、他を圧倒する。

つまり、スケベなのだ。

まるで女性のお尻を撫《な》でるように、異様にタッチがソフトで、「絶対にそこまで弱くは撮けないだろう」と思われる場合でも、確実に弱くなる。ルックスと、その元気さにおいて、ときには僕より年下に見られることもある彼だが、ビリヤード自体に、若さはない。

今、僕の目の前で、不敵な（ホントはとってもやさしい）笑《え》みを浮かべている山本耀司氏の場合、スケベというよりは〝オトナの〟と言ったほうが正しいだろう。どうも彼は全体的に雰囲気を楽しんでいるところがあって、その余裕におされてしまうこともあったりするのだが、その一方で、ひとたび賭け物があると、ガ然それどころではないよとモノすごい集中力を発揮する。

技術的にも、相当なランクに位置するはずなのだが、唯一のウィーク・ポイントは〝言葉に弱い〟ということだ。これは僕の兄にも同様に言えることで、たとえば兄に、（彼の）ガールフレンドの名前でも叫ぼうものなら、たいていミス・ショットになってしまう。耀司さんの場合は、「もうすぐパリ・コレだね」とか「もう服のデザインは終わったの？　サンプル出しはすんだ？」なんてことを言えば、一発である。

元ワイズの社員、で、黒檀《こくたん》のキューをあつらえたことで笑いを生んだ田中くん。彼の場合は全体にウマイのかヘタなのかわからないところがあって、言葉のプレッシャーもさることながら、周囲の雰囲気に呑《の》まれやすいという欠点を持つ。ただし、好調なときには極度にうまいし、背水の陣をしくと火事場の馬鹿力的テクニックを見せるから、なかなかあなどれない。

また、それとは逆に、まったくの実力派と言えるのが、ムーンライダーズ・オフィス社長、上村律夫。ところがさすがに天は二物を与えず、実力はあるのに極端に集中力に欠け、飽きやすい。少しでも調子が悪いと途中で試合を放棄してしまうという〝豪快さん〟だ。

と、ここまではまあ仕事の付き合いもある人ばかりだが、中にはこのクラブでビリヤードを通して僕らの仲間に入った人もいる。その中でもちょっとヘンなのが、松沢くん。この松沢くんという人については未だに何者だかよくわかっていないのだが、一見したところ三〇代も半ば過ぎか、というルックスで、実際には三〇歳そこそこ、サラリーマンで眼鏡をかけている。どうも不動産関係の仕事をしているらしいのだが、家は埼玉である。自ら身長、体重等、ジャイアンツの原辰徳と同じというが、そんな彼の言葉を信じる者は少ない。ビリヤードに関しては、彼もまたウマイ・ヘタの判定がつきかねるタイプで、それでも僕にとっては〝カモネギ〟的存在だから、おして知るべしというところか。もう際立《きわだ》ってのお人好しで、性格は最良、いつのまにかスルスルと僕たちのグループに入っていたのだった。

会員制のこの店に、未だ会員にもならず大きい顔をして出入りしているのが小原礼。彼はなぜか従業員と親しくなる得意技を持っていて、そのわがままぶりは会員の僕ら以上。ロサンゼルスから日本に来るたびにこの店に顔を出し、来日中はほとんど入りびたり状態で、ビリヤードはとにかく理論派。マメに練習もしているようだ。近頃は理論に実践がともないつつあるようで、手強い存在、と思いきや、それほどお酒が強くない彼のこと、同じように飲んでいればまちがいなく僕が勝つ。といっても、お酒がなければ勝てないということではない。第一、男のビリヤードには、お酒を飲みながらやるぐらいの余裕がなくちゃ。

お酒があろうがなかろうが、まったく関係ないのが、来日したときだけゲストで参加するスティーヴ・ジャンセン。彼ははっきり言って、ウマイ。気が狂いそうにウマイ。そういえばデヴィッド・パーマーもウマイなぁ。以前来日したときに、軽くひねってやろうと声をかけたところ、我が常連組全員、惨敗に終わったことがあったっけ。でも、考えてみれば、彼らイギリス人は、日本人の僕らが子供のころからキャッチボールしているように、スヌーカー(ビリヤードの上級者向けゲーム)で育っているんだから、当然と言えば当然なのだ。

耀司さんとのゲームも佳境に入り、残された玉数もあとわずか。

「幸宏さん、いけますね。勝てますよ、これは」

という声の方向に視線を向けると、ニタニタ顔の佐藤がいた。うちの事務所で僕のマネージャーをしている彼は、実は僕にとっては宿敵で、僕の調子が良いときでも（彼は決してウマイわけではないのだが）、なぜか負けてしまう。どこか僕の中に甘さがあるのだろう。彼曰く、

「幸宏さんとやると、胸を借りるっていうか、のびのびとできるんですよね」

ということだが。

佐藤の隣で、一生懸命〝撞く〟しぐさをしているのが、やはり事務所のマネージャー藤沢。彼はもう少し頑固《がんこ》さを削れば、もっとイイ線いくのに、自分の思い込みが強いタイプで、それでしくじることが多い。もひとつ言えば、彼はカラダが固い、と思う。

だが、今はそんなことを考えているときではない。意識をキュー先に集中し、ただ、撞くのみなのだ。目の前にロマネコンティがちらつき、それをはねのけるかのように、僕は最後のショットをした。

そして、僕は勝った。

一杯でも数万円に値するだろう酒が、いくつものグラスに注がれ、試合を観戦していた人たちも含めてふるまわれた。

「ロマネコンティって、マズいねェ」

くやしいのか、緊張の糸が切れてか、すでに別の酒で酔いを感じていたからか（たぶん、くやしかっただけにちがいないのだが）、耀司さんは一気にグラスを飲みほして、言った。

こういうワインは、できれば栓《せん》を開けてから、しばらく待ったほうがよい。デカンタに移し、しばらく空気に触れさせたほうが、味がよくなるわけで、僕たちははやる気持ちを抑え、じっくりと待った。そして一杯。それはもう、口では言い表せないほどの美味であった。

「ねえ、耀司さん、もう一杯空けない？　空けちゃいましょうよ」

「いいよ、同じもの、もう一本！」

耀司さんは酔ったいきおいでそう言うと、自分は一万五〇〇〇円くらいの安いワインを買って、それを持ってそのまま姿を消してしまった。

僕たちはもう一度、待った。

先ほどの美味なる記憶が目の前に横たわってはいるものの、次第に消えかかっていくのがわかる。もうちょっと我慢しよう。もう少しだ。

と、そこに遅ればせながらやってきたのが、話題のサラリーマン、松沢くん。

「あれ、何飲んでんの？　あっ、ロマネコンティじゃない。もらっていい？」

言うが早いか、僕の目の前のグラスを持ち上げた。そして、なみなみと満たされた赤い液体は、一気に彼の胃袋へと消えてしまったのである。

スタジオ・プレーヤーの条件

一七歳での〝デビュー〟以来、ずいぶんと長い時間を僕はスタジオで過ごしてきた。近頃はめったにスティックを握ることもなくなったが、最初の一〇年間はバンドの活動と並行して、いわゆるスタジオ・プレーヤーでもあったから、ツアーに出ているとき以外は、毎日のようにスタジオに通い、ドラムを叩いていた。

僕たちのような若手のスタジオ・プレーヤーが注目されだしたのは、やはり細野さんのティン・パン・アレイや、僕の在籍していたサディスティックスあたりからだろう。けれども、その一見カッコよさげに思われる仕事も、実は相当にキツイものである。スタジオからスタジオへ渡り鳥のように移動して、時間時間でこなしていく。（プレーヤーとしての）人気が高まれば高まるほど、そのハードさは増し、朝から深夜まで、一日に何本もの仕事をこなすこともあった。

それでも始めた当初は、大好きな音楽で生活できることがとにかくうれしかったから、情熱をそのままぶつけていた。決して表面に出すことはなかったが、はしゃぐ気持ちがあったことは否めない。

とはいうものの、自分のプレイ自体には自信もあったし、ポリシーを曲げてまで人に迎合する気などさらさらなかったので、衝突も多かった。当時の僕を、業界のある人は、こういう言い方で呼んだ。

〝舟木裕次郎〟

当時の芸能界で最もエライと称されていた二人の名をかけあわせたこの名前は、そのくらいにナマイキだという僕への皮肉だったのだろう。

一九歳のころ。いつものようにスタジオに入ると、すぐに譜面が渡された。某ビール会社のCF用に書かれたこの曲は、そのころ売れっ子の作曲家の手によるもので、リズムはシャッフル。僕のドラム・フィルから始まるアレンジになっていた。

「1・2・3………」

自ら指揮するその作曲家の合図とともにスティックを降り下ろす。

スタタタタッ……。

ところが突然、ストップがかかった。

「ダメだなぁ、もう一回」

もう一度、同じように合図があって、同じように僕は叩いた。しかし、また同じようにストップがかかる。

「ダメダメ、頼むよ、もう……」

そう言われても、僕には何が悪いのかわからない。具体的には何の指示もなく、それでも自分なりの工夫をして、もう一度トライした。結果は同じだった。

何度か繰り返したあと、作曲家が言った一言で僕はキレた。

「ねえ、○○ちゃん（古株のキーボーディスト）、若いコはダメだねー。ジャズ知らないから」

俺は怒ったね。ローディーを呼んで、ただちに楽器をかたづけるように指示した。もうこれ以上ここにいる意味はないと思った。ジャズを知らない若造を、だったらどうして起用したんだ。俺はジャズを知らなくてもいい。知りたいとも思わない。勝手にしろーい、と、そのときは思ってしまったんだな、これが。

何も言わずに帰り支度を始めた僕を見て、ディレクターがあわてて駆け寄ってきた。

「お願いだからガマンしてよ。今、帰られたらたいへんなことになっちゃうんだから……」

懇願するディレクターを見て、僕は気を取り直してもう一度やってみることにした。作曲家はもう何も言わなかった。

二三、四歳になると、スタジオ・ワークもだいぶ手慣れてきて、その分だけ始めた当初の情熱も薄れかけてくる自分があるのを知った。そして、スタジオ・プレーヤーは音楽家というよりも、音楽職人なのではないか、と考えるようになっていた。音楽職人となるための条件は厳しい。与えられた曲がどんなものであれ、何にでも即、対応できなければならないし、ある意味では譜面から作家の意志をくみとるといったところまで要求される。それが、自分の好きな時間でできるのなら話は別だが、定められた時間内で常にベストな出来にしあげなければいけないのだから、おちおち二日酔いにもなれない。もちろん、水準以上の技術、は言外である。そんなハードな条件をクリアできるようになっても、そこには創造性というものがなかった。いや、僕にはそれが見出せなかったと言ったほうが正しいだろう。

仕事の手抜きはしたくなかった。それだけに、他人の曲の手伝いばかりやらされている自分が歯がゆかったのだ。事務的に〝演奏〟する日々が続く。

　ある日のことである。その日は、朝早くから仕事が入っており、そのスタジオまでにすでに五本のスタジオを終えていた。最後の仕事は、それほどむずかしい曲ではなかった。ああ、これで終わりだ。そう思った瞬間、僕の緊張の糸が切れた。猛烈な睡魔が襲ってきたのだ。

「イカン。イカン」

かぶりを振って眠気をはらおうとするが、一度手綱をゆるめられた睡魔は、とどまるところを知らない。消えかかる意識の中で、しかし、しっかりとリズムを刻む自分の手を確認していた。

気がつくと、演奏を終わっていた。僕は、しっかりと寝てしまっていたのだった。寝ていたことがバレているかと周囲を見渡したが、誰も何も言わない。いつもと同じように、別れの挨拶を交わすと、ギャラを受け取り、スタジオをあとにした。寝ながらリズムをキープできるとは、我ながら大したもんだな、などと思いつつ。

数日後、ひと仕事終えたスタジオのロビーで煙草を吸っていると、後ろからポンと肩を叩く人がいる。振り向くと、僕たちの大先輩のドラマー、Tさんの笑顔があった。

「あ、どーも。こんちはー」

じょさいなく挨拶する僕に向かって、Tさんは笑顔を崩さずに言った。

「ユキヒロ、ダメだヨ、スタジオで寝ちゃー。あのあとたいへんだったんだぜ。俺が入ってもう一回全部録り直ししたんだから」

僕は、そのとき、スタジオ・プレーヤーとしてのもう一つの重要な条件を知った。

スタジオで寝てはいけないのである。

〝おかしい。こいつぁ、ぜったいにおかしい〟

僕はマネージャーから受け取った、今後のこのツアーの予定が細かく記してあるスケジュール表を見ているうちに、思わずそうつぶやいていた。

しかし、実際、おかしいのだ。問題は移動の際のフライトの時間なのだ。到着時刻から出発時刻を引いてみると、ゆうに二時間以上はある。同じヨーロッパ大陸の中なのだから、国がちがうとは言っても時差があるわきゃない。であるのに、二時間。この距離でこんなにかかるわけがないんだ。

長い間、飛行機嫌いである僕は、地図をひと目見ただけで、その地図の中の何センチかの長さがどのくらいの飛行時間になるかをドンピシャリと当てることができる。いや、できるはずだった。

これはやっぱり、まちがいない。もう僕は確信を持った。そうだ、このフライトはジェットによるものじゃない。プロペラだ。プロペラ機しか考えられない。そりゃ、困る。

こう見えても、飛行機嫌いにかけては誰にも負けない自信がある。ましてプロペラ機だ。安全性はジェット機よりもずっと高いそうだが、まぁ、それは故障しても墜落しにくいというだけの話だろう。前に国内で何度か乗ったことがあるが、そのつどジェット・コースターよりもひどかった、という記憶しかない。

あたしゃ、ああいうの大嫌いなの。

何がスリルだ。危ないだけじゃないか。

とにかく、プロペラはいけない。断固として阻止すべきだ。

ここハンブルグに我々がのりこんだのは、昨日の夜であった。この大がかりなＹＭＯのワールド・ツアーも日本を発ってから数週間が過ぎていて、イギリス国内での五カ所の公演も終えたところ。ようやくメンバー、そしてスタッフらも、ちょっとは緊張がほぐれつつ、またそれとは逆に、あまりにもハードなスケジュールに少し憂うつな気分が起きつつあるという複雑な時期にあった。

とは言っても、今までこなしてきた十数本の公演——イギリスだけでも、オックスフォード、バーミンガム、マンチェスター、ロンドン、そしてサザンプトン——の、そのどれもが、終わってみればそれなりに、楽しかったと言えると思う。ロンドンのハマースミス・オデオンでのコンサートなどは、一生忘れられないほどのにぎやかさだったし、今夜のハンブルグだって、満員のオーディエンスはスゴく盛り上がっていて、演る側の僕たちも適度にリラックスしてのびのびとやれたよーな気がする。毎日ツライ、苦しい、キツイと言いながらも、実際、ステージ自体は何となくオモシレーな、という気持ちも正直ある。

しかし、明日からはまた、オランダのロッテルダム、アムステルダム、スウェーデンはストックホルム、そしてパリのパラスを経て、イタリーのローマ、ミラノ、さらに海を越えてアメリカ西海岸、LA、サンフランシスコ、最後にニューヨークと、まだ一カ月半以上、この旅は続くことになっている。メンバーもさることながら、スタッフ、クルーの面々も、さぞかしたいへんだろーなと思う。

「ホント、まいるな。誰がこんなことやろーって言いだしたんだ⁉」

教授が言う。

「そうだよな。少なくともメンバーの俺たちじゃないよね」

僕と細野さんが応える。

コンサートがオフの日でも、その合間を狙って入る雑誌やラジオのインタビュー、TV出演等など、日本でもこんなにやったら煮詰まるだろうに、ましてや毎日のように国がちがうんじゃ、これは頭が爆発しそうになるのもあたりまえっつーもんだ。

そもそもは、七九年夏のチューブスLA公演のオープニング・アクトが、ことの始まりだった。その年の秋には第一回目のワールド・ツアーを敢行することになり、英、仏、米をまわった。このときの評判が、また、翌八〇年にレコードがちょっとしたヒットに上がったことが、ついに二回目の本格的なワールド・ツアーを実現させるに至ったのだ。しかし、しつこいようだがそういうことは、メンバーがやろうやろうと進んで実行しようとしたわけではない。

行く国行く国で言葉はちがい（ま、だいたいは英語で通せたけどね）、お金だって毎回変えにゃあいけない。買物が多いもんだから、小銭ばっかりたまるんだ、これが。気候は目まぐるしいほど変わり、果ては文化や思想まで異なるとなると、もう、どうなってもいーもんネ、と言いたくなってしまう。もちろん、考え方次第では、そんな経験めったにできないし、そうした部分に触れることってーのもけっこう楽しいことなんじゃないか、というのもわからないではない。だが、そのときの僕たちには、そんな余裕なんてなかった。遊びに来てるわけじゃなし、どうしても気楽な気持ちにはなれなくて……。とてもたいへんだったのだ。

しかし、けれども、だが、Ｂｕｔ。問題は目の前に迫った明日のフライトである。これは何がなんでも阻止しなければいけない。僕にとっては一大事なのだ。なんとか乗らずにはすまないものか。じゃないと、明日はコンサートどころじゃなくなっちゃう。ほかのみんなにとっても重要な問題のはずだ。僕は食事のときのワインに加えて、そのあとにちょっと飲みすぎたかもしれないドライマティーニの酔いにフニャフニャになった頭で、そう考えた。

翌朝、僕はホテルを出るときから、必死のアピールを開始した。飛行機に乗るんだと想っただけで、なんか気分が悪い。今日は雨だからきっと揺れる。このハンブルグ――ロッテルダムの距離で二時間以上かかるっていうのはどう考えてもおかしい。と、そんなことをたて続けに言いまくっていたわけだ。

「大丈夫だよ。そんなにナーヴァスにならなくても、あっという間に着くから」

教授も、今回のツアーのサポート・メンバーのひとりである（大村）ケンジも口をそろえてそう言う。

「また始まったの？　ユキヒロ」

細野さんが、つくづくナサケないな、という顔をする。やはりサポートの一員として参加してくれた（矢野）アッコちゃんなどは、

「だいたい、今どき国際線でプロペラなんてあるわけないじゃない。心配しすぎよ」

と、あざ笑うのである。スタッフたち、特に今回のツアー・マネージメントのためにアメリカから来ていた連中にいたっては、まったく相手にもしてくれない。

「ノー・プロブレム」

それだけだった。

　空港に着いてからも、僕の心臓の鼓動は激しくなる一方だった。ゲートに向かって歩きながら、もう一度言った。

「イヤだなぁ、こんな天気の悪い日にプロペラ機に乗るなんて。雲の中に入るたびにものすごく揺れるよ」

「大丈夫だって、そんなことないから。ジェット機だよ」

　誰かがまた、僕をなだめるように言う。

　乗り込む飛行機までは、バスで移動、と聞いたとき、チラッと不安が頭をよぎったが、僕はあわててそれをはらいのけた。

〝ジェット機だ。ジェット機なんだ〟

　しぶしぶバスに乗り、次第に遠ざかる空港建物を見つめながら、僕はさらに祈り続けた。

〝どうか、ジェット機でありますよーに……〟

　何機ものスーパー・ジャンボの間をすり抜けても、バスは止まらなかった。ずいぶん長い間走り続けていたような気がする。あ、あれだな。あれ……じゃないのか、とすると、その次のあれかな。ちがう。今度こそこれだ……。そんなことを繰り返しているうちに、やがてバスは止まった。

〝ジェット機……じゃない〟

地獄のドン底であった。まわりを見渡すと、客は我々一行だけ。目の前にあるのは、本当に小さな、あきらかに日本のYS＝フレンドシップよりはるかに小ぶりな、今まで見たこともないような、まるで観光バスのような小さなプロペラ機が、ひとつ。

僕は思った。

「み～んな、嘘つきぃ！」

必死の抵抗もむなしく、全身を硬直させたまま、スタッフにかつがれるようにして、その中に乗せられる。まさにバスからバスみたいなものだ。

秒を追うごとに、心臓が収縮していく。そして、それと反比例するかのように鼓動が大音響となって、僕の身体中を打ちつける。

離陸。

ところが、ところがなのだ。そのプロペラ機、あまりに推進力がないせいか、雲の上には向かおうとはせず、極度の低空飛行で雨雲の下を飛び続け、まったく揺れることなく、無事目的地へと向かったのである。心配して損した。そうならそうと、初めからわかってりゃ、あんなに騒ぐこともなかったのに。恥ずかしいじゃないか。赤面。

ただし、ひとこと言わせてもらうなら、僕がこのプロペラ機を見て最初に思った〝バスみたいな〟という印象は、実はあながちまちがいでもなかったのだ。途中、村のバス停のような人気《ひとけ》の感じられない場所に降り立ったこの飛行機に、いかにも普通のおばさんが二〜三人、「これから買物サ行くだ」といった感じで乗り込んできたのだ。彼女たちは実に気軽に、本当に単なる足として、このバスを利用している風なのだ。

その日、ロッテルダムでおこなわれた公演は、確かに何の問題もなく、無事終了した。僕は少し元気になっていた。なぜなら、次の日のアムステルダムまでの移動は、飛行機に乗るほどの距離ではないことを、地図で見て知っていたからである。

危険な磯釣り

果てしなくどこまでも続く水平線をじっと見つめていると、スーッと眠気が襲いかかってくる。ハッと気をとりなおして竿掛《さおか》けから竿をはずし、ペンのマグサーボを巻く。昨日スタジオの仕事を終え、そのまま東京を出発したために、一睡もできなかったことが効いているのだろう。おまけにそれまでの三〜四日は、ろくに寝ていない。こんなことなら少しでも寝ておくんだった。と思いかけて、一人苦笑する。

結局、いつもそうなんだ。何日後かに釣り行きが決まっていたりすると、かえってがんばっちゃったりする悲しい習性。で、釣り当日は石鯛《いしだい》との戦いのほかに、睡魔との戦いにも臨むことになるのだ。

そういえば、少しお腹が空いたかな。昼になれば船頭さんが弁当を届けてくれるのだが、それまでまだ少し時間がある。そうだ、来る途中に下田の駅前の弁当屋で買ったサンドウィッチが、バッグの中に残っていたはずだ。立ち上がって、磯の上に置いてあるバッグに手をかけようとした、そのときだった。

何か異様な視線を感じる。

まわりを見渡してもその主とおぼしき者はいない。ふと上を向くと、磯のカベのふちに何匹かの猿が。ジトッとした視線を投げかけていたのは、この猿たちだったのだ。コワイ。誰に言うでもなく、叫んでしまう。

「オーイ、サルが来て、食べ物ネラッてるよ～ん」

よほど飢えていると見えて、目が血走っている。顔も真っ赤だ。あ、これはいつもそうか。

「あっち行け、コラ！」

石コロを拾って投げつける。キッと言って、こちらをにらむ姿は、実に怖い。カワユクない。だいたい、あいつら生意気なんだ。信じられないことだけど、ここの猿どもは、釣り人のバッグをこっそり開けて、食べ物や飲み物を持っていく技を身につけている。缶ジュースを自分で開けて飲んだりするのは朝飯前。この姿がまた実にカワイ……いや、カワイクない。

ここ仲木《なかぎ》の大根《おおね》という磯は、小さな島と言ってもいいくらいの広さで、もともとはそこに観光用として放されたのがこの猿たち。だが、地元の予算の都合か、現在はエサを与えられていないようなのだ。つまり、彼らが食べ物にありつけるのは、ときおり通り過ぎる観光船の中から観光客が投げる食べ物だけ、ということになる。とすれば、釣り人の弁当が格好の標的になるのも当然で、考えようによってはかわいそうなのだけれど、やっぱりどうも気味が悪い。

釣り仲間の中には、手に持ったオニギリを素早く持っていかれた者もいる。今ここにあるサンドウィッチをひときれ投げてやってもいいのだが、そうすると一日中エサを狙ってそばにへばりつかれて、とても釣りどころじゃない。これはやっぱり追っ払うしかない。

「エ～イ、あっち行けコンニャロ。お弁当はまだ来てないよ。だいいち、来たってお前らにやる分はないよ～んだッ」

しかし、状況は少しも変わらない。それどころか奴らの視線はますます不気味な熱を帯びてきたようで……。あ～もう、このままじゃ釣りになんないよ～。

猿どもが実際に人を襲ったという例は、まだ聞いたことがない。奴らの目的は食料のみ、ということはもちろんわかってはいるけれど、いつ極限状態を越えて飛びかかってくるかもしれない。とはいえ、せっかく釣りに来たってーのに、猿とニラメッコしていてもしょーがない。バッグ類を近くに引き寄せ、気を取り直して竿を振る。けれども、背中一面に突き刺すような視線に落ち着かないったらありゃしない。一緒に海に向かっている仲間たちもそのむずがゆさは同様のようで、お互い顔を見合わせては苦笑い。と、にわかに後ろのざわつきが増す。振り向くと、そこにはさっきの倍以上の猿が!

近くを走る遊覧船の観光客が投げるエサ目当てに集まってきたのだろう。

「皆さん、左手をご覧ください。ここには野生の猿が……」

遊覧船のアナウンスとともに、観光客の視線がいっせいにこちらを向く。危ない！……思わず首をすくめて、その視線から逃れようとする僕。遊覧船と僕らの間の距離は短く、相手の顔・形はほぼわかってしまう。だから、船上の観光客の何人かの声が僕の耳に届くのも無理もない。彼らはこう言うのだった。

「な～んだ。猿だけじゃなくて、野生の人間がいるじゃん」

ある夏の終わり。僕ら釣り仲間の一行は、比較的、海水浴客の少ないゴロタ石の海岸で知られる東伊豆の川奈というところにいた。その日はなかなかの収穫があり、小さいながらも石鯛を釣り上げた僕は、港の小さな魚屋で、兄とともにその検量をしていたのだった。

「おお、いいイシガキ（ダイ）じゃん」

突然、見知らぬ男が僕と兄の間に割り込んで来て、そう言った。

「どこで釣ったの？　こんな趣味があるとは知らなかったなァ」

妙齢の女性をともなったその男の口調は、何かどうもなれなれしい。こういう奴っているんだよな、と僕は思った。見ず知らずの人間に臆面もなく話しかけてくる奴。仮に向こうは知っているとしても、こっちはアンタのことなんか知らないんだよ。横目でチラッと一瞥《いちべつ》をくれると、そのまま作業を続けた。普通なら気軽に会話するところだが、その男の顔に直接対峙《たいじ》しなかったこともあって、僕は質問に答えず、黙っていた。しかし、相当デカイ男だな。顔はわからなかったけど、ずいぶん立派な体格をしているみたいだ。そして、太く低い声。

「いや〜、沖のほうの磯に渡礁《としょう》して釣ったんですよ。弟がね。まあ、たいした型じゃないんですけどね」

兄が、持ち前の明るさと人当たりの良さをフルに稼動させて、その男の質問に答える。僕はそれでも黙っていた。何で兄貴はこんなにヘラヘラと話を合わせてんだろう。

魚をクーラーに詰めると、クルマのトランクまで運ぶ。運転席に座り、エンジンをかけ、さあ出ようとすると、さっきの男が出てきて一言。

「気をつけてな。帰りは混むからよ」

僕の運転シートからは、ちょうど頭の部分が切れており、その立派な身体しか目に入らなかった。相も変わらず返事もしない僕に代わって兄が親しげに二言、三言。何度も会釈しながら、クルマに乗り込んでくる。出発。それでもなお後ろを向いてペコペコを繰り返している。しばらくして、もう、人影も何も見えないことがはっきり確認できるというあたりになって、兄はようやく僕のほうを向き直り、そして言った。

「いや〜、ユキヒロ、勇気があるよ」

「何が？」

「何がって、何で挨拶しないの」

「挨拶って？」

「今の男にだよ。いや〜もう、一時はどうなることかと思ってヒヤヒヤだったよ」

「えっ、誰だったの？」

「なんだ、気がつかなかったの？　どうりでね」

「いや、顔がわからなかったしさ。誰だったの？」

「力也だよ。安岡力也」

「——！！…………」


ガビ〜ン！　私は何という大胆なことをしてしまったのだろう。せっかく気をつかって話しかけてくれたのに、まったく無視してしまうなんて。きっと、ヤな奴だと思ったろーな。この場をお借りして、お詫《わ》びしちゃいますよ。力也さん、ホント、ゴメンなさい。悪気はなかったんですよ。いや、ホントに。

遊覧船が去ってしばらくすると、一部のハングリー派を除いたほとんどの猿たちは、またどこかに消えていた。船頭から渡された弁当で昼の食事をすませ、つかの間の休息。

天気がいい日の磯は本当に天国で、こうしてただボーッとしてるだけでも充分満足。ではあるけれど、ここに冷えたビールの一本でもあったらなおいいよね……という発想から、そういった場合のケアをしてくれるサービス団体を作ろうという動きが一時あった。名前を東京鶴亀サービスという、そのグループは、もちろん我が東京鶴亀磯釣会の弟団体ということになるわけで、釣り場までのクルマの運転から、荷物運び、磯の上のカクテル作りといった、快適サービスを提供してくれる専門の組織。しかし、なかなかそのなり手がなく、未だ実現していないのが残念である。いるわけないか。

そんなことを考えていたら、やにわに生理現象が下腹部を刺激し始めた。さっきウーロン茶をガブ飲みしたのがいけなかったかな。さて、どーしようか。ま、いわゆる〝小〟のほうですから、あそこだったら大丈夫だろう。あそこというのは、今いるところのちょうど裏手。海に面した断崖だけど、人ひとりは何とか立てるスペースがある。猿どもの冷やかな視線を浴びつつ、立ち上がる。

「コラ、見るんじゃないよ」

崖《がけ》を這《は》うようにして目的の場所に移動すると、眼前に広がる壮大な海。チャックを下ろそうとして、さすがに一瞬、躊躇《ちゅうちょ》したが、まあ、どうせ誰も見てないし、関係ないね。意を決して行為に及ぶことにする。しかし、こういうときに自分が女だったらさぞや大変だったろう。本当に男であったことを幸せに思う。こういうことがあるから、そう簡単に女性を誘うわけにはいかない。つくづく男のスポーツだなぁ。

バババババッ。

これは、私のオシッコの音ではない。ふいに聞こえるこの音は、と、顔を上げると、そこにはコースを周回して戻ってきたさっきの遊覧船が……。止めようにも止まらない。

磯釣りは、本当に危険なスポーツなのである。

ルル

犬小屋から玄関に移された〝ルル〟は、毛布にくるまったまま、ハーハーと荒い息をもらしていた。獣医の診断によれば、この突然の体調の悪化は、片肺に外部から入った異物が詰まったため、ということだった。

「僕のせいだ」

頭の中をぐるぐると暗雲が渦をまき、次第に熱をおびながらふくらんでいくのがわかる。荒い息とはうらはらに、衰える一方の彼女の視線を、僕はまともに見ることができなかった。

ものごころついたころにはもう、家には犬がいた。それはおそらく、僕の生まれるずっと以前からのことで、といっても同じ犬が、という意味ではなく、当時はジステンパーが流行していたために寿命をまっとうすることが少なかったというから、たぶん何匹も飼い替えていたのだろう。

毎日の小学校からの帰り、家の玄関に近づくと、庭の片隅から元気な「ワンワン」が聞こえてくる。家族の中で最年少の僕に与えられる日課は、その犬との散歩。当然のことながら、自分より何倍も上をいく力にグイグイと引っ張られ、当時はまだ少なくなかった野原でたわむれる。木片を投げ、「よし、取っておいで」なんて言ったりして、「うーむ、こういう感じっていいよな」と、密かにほくそ笑んだりして。そこに夕日なんかがあった日にゃあ、「僕ってけっこうカッコイイゾ」ということになってしまうのだった。

けれども、実を言えば当時は犬に対して、それほどの愛情があったわけではない。好きという感情も薄かったように思う。ヨソの犬でも自分の家のでもおかまいなしに棒で突っついてみたり、いたずらをしてはおもしろがっているようなところがあった。それがたたってか、ある日、近所のシェパードに思い切り顔を嚙《か》まれる、といった事件もあったが、被害の少なかったこともあって、特に犬嫌いになるでもなく、その後も懲《こ》りずに突っつきまわっていた。

ルルがわが家にやってきた日の記憶は、今となってはおぼろげでしかないが、メスの柴犬である彼女（うちではなぜか、代々柴犬ばかりを飼っていた。まれに例外はあったが）の名前ははっきりと覚えている。風邪薬の名と同じだったからだ。

僕が小学校の三〜四年のころであったから、一〜二歳になったばかりのヤンチャ盛りのルルと、いつものように自宅の庭で遊んでいた。〝いつものように〟の遊び方、というのは、家の門を締め切り、自宅の庭に放したルルを、僕と友人数人でワーッと走りまわってはからかいまくるというものだった。犬が飛びついてもギリギリのところで避けられる庭石の上に乗り、棒で突っつく。シッポを振ってくるものに対し、棒を出すとうのだから、まったく何を考えているのか。子供特有の残酷さ、そして自分たちは安全なところにいながらというズル賢さを、僕もしっかり持っていたわけだ。

やみくもな棒攻撃を受けたルルは、その相手に飛びつくこともできず、ワンワンと吠えるばかりである。

「なんだ、このヤロー」

吠えれば吠えるほど、棒攻撃は増す。そのうち、喉《のど》の渇きを感じてきた彼女は、くるりと向きを変えると、茶室のそばにあった石の手洗いへと向かう。そうして、たまった水を必死で飲むのだった。

「馬っ鹿だな、アイツ」

突然ほこ先を失った僕たちは、相手にされなくなった悔しさを交えて冷たい視線を送る。うまそうに水を飲む彼女。しかしその水は雨水がたまりっぱなしになっていたもので、というのもその手洗いというのが、もともとはししおどしの装飾としてしつらえられたものだったから、実際に手を洗うこともなく、また、誰かが水を取り替えるということもなかったのだ。そして、そのよどんだ水にぼうふらが湧いていることを僕は知っていた。ルルがその水をちょくちょく飲んでいたことも。

「ルルの具合がヘンなの」

それから数日後の朝、すぐ上の姉が心配そうに教えてくれた。

「へーェ、どうしたんだろうねェ」

特に大きく心配するでもなく、学校へと向かった僕だった。しかし、その夜、病状が急変してほとんど動けなくなったルルを目の当たりにすることになる。

「今、手術して片方の肺を摘出しても、助かりませんね。しかし、このままだとかわいそうだから……」

獣医の口調は穏やかだが、その内容は絶望的なものだった。実際、ルルの片肺に詰まっているという異物についてはわかるはずもなかったが、僕の頭の中には一つの確信めいたものが浮かんでいた。

「あのぼうふらだ。あのぼうふらだ……」

獣医と家族との間で二、三のやりとりがあり、そして獣医の先生はぽつりと言った。

「それでは病院に連れて帰りましょう」

「殺されるんだ」。僕は金縛りにあったような状態で、盗み見るようにルルの顔を見つめた。

「どうしてあのとき、水を飲むのを止めてくれなかったの……」

人間に頼りきった力のない瞳は、僕を見つめてそう訴えていた。

「あのとき、ひっぱたいてでも止めさせるべきだったんだ……」

彼女の視線が僕をとらえたまま動かない。僕もまたじっと立ちつくすばかりだった。

結局、彼女は死んだ。あれほどぞんざいな扱いをしていた僕だったけれど、その分だけ涙の量も多かった。僕は泣いた。思い切り泣いた。そして、涙も枯れるころ、一つのことを僕は悟った。ペットとしての犬は、もはや僕たちが生かすも殺すもできる動物なのだ。人間に一番近い動物とされ、人間が勝手に飼うようになったから、こうなってしまったんだ。逆に言えば、人間の保護の下になければ存在しえないのだ。

おごった言い方に聞こえるかもしれない。だが、現在でも一年間に何十万という単位で殺されている彼らを見るにつけ、その思いは増すばかりだ。〝処理〟されるのは野良犬、とはいえ、そのほとんどが元はペットだという。人間の都合、要するにわがままで捨てられるペットたち。〝飼う〟という行為自体、大きなわがままなのだということを、僕たちは知る必要がある。

ルルの死は、幼い心に強すぎる衝撃だったけれど、以来、僕は犬のことをすごく〝愛する〟ようになった。そして、その反面、ペットを飼うことの〝怖さ〟というものも知らされることになったのである。

お茶漬の夜

高校一年の夏、僕はバンド仲間と一緒に軽井沢にいた。目的は、今は閉鎖されてしまった三笠ホテルでおこなわれる〝キャンドル・ライト・パーティー〟出演のため、ということであった。

「慶応のバンドらしいよ、相手は」

僕たちのほかにもう一つ、そのパーティに出演するバンドのことを誰かが告げてくれた。

「へぇ～、そう」

素っ気なく相づちを打つ。どんなバンドが〝対バン〟になろうと、僕たちにはどうでもいいことだった。なぜなら、そのころの僕たちは、自分たちのことを越えるバンドはない、と、本気でそう思っていたから。

中学三年で結成したこのバンド、〝ブッダズ・ナルシーシー〟は、現在某レコード会社で国際部の課長（だったと思うが）をしているジャック松村という奴や、ギターのジョージ吾妻なんていうのがメンバーで、仏陀《ぶつだ》に水仙の花（さらにナルシズムとのダブル・ミーニング）などという〝いかにも〟の名前からもわかるように、当時のサイケデリック・ムーブメントの波をモロにかぶっていたバンドだった。

レパートリーも「サージェント・ペッパーズ・ロンリー・ハーツ・クラブ・バンド」といったものばかりで、そんな〝踊れない曲〟ばかりやっているバンドを仮にもダンス・パーティの名のつくものによく招《よ》んでくれたものだと思う。けっこう、ヘンテコリンなコピーだった。が、あのころは〝日本モノ＝ダサイ〟〝外国モノ＝最高〟という時代。オリジナルを作るという感覚は、あまりなかったのだ。〝日本語のロック〟を標榜した、あの〝はっぴいえんど〟の登場までには、もう少し時間を待たなければいけない。

当時の軽井沢は、今のように俗っぽくなく、スノッブを気取る学生たちの遊び場として、その極致にあった。慶応・成城・青山などといった学校のお坊っちゃま、お嬢ちゃまくんたちが、好き勝手をしていた、そんなイメージのあるところだった。

僕らが招ばれたこの〝キャンドル・ライト・パーティー〟も、毎夏、慶応の学生が主催するもので毎晩二バンドの競演で一バンドにつき二〜三万円というギャラ。僕の家の別荘が軽井沢にあったこともあって、じゃあ遊びがてらに、と、参加することになったのである。

僕の兄二人も慶応で、振り返ってみると、この兄たちから受けた影響は大きい。そもそも小学校六年生で初めてドラムに接した（誕生日のプレゼントに買ってもらった）のも、折りからのエレキ・ブームということもあったけれど、兄たち、そしてその仲間たちのカッコ良さに憧れて、というところが多分にある。

もちろん、以前からたとえば加山雄三の若大将シリーズが好きでウクレレ弾いたりってことはあったが、ポップスの世界に対する本格的な興味は、そういった〝環境〟に育まれたところが大きい。

観光が自由にできるようになって間もないころ、アメリカを旅行した長兄がおみやげとして持ち帰った、当時の日本ではまだまだ手に入りにくかった幾枚ものレコード。ベンチャーズに始まり、アストロノーツ、サファリーズといったサーフィン、ホットロッド、ゴーゴーもの。結局、ロック史には残ることのなかったB級のもの、そんなレコードの数々にも大きな喜びと衝撃を受けた。

当然、エレキ・ブームの中で、ギターに対する興味を持ったりもした。が、僕は最終的に自分の楽器としてドラムを選んだ。なぜか。

だって、ドラムは威張れたんだもん。

まだそれほどドラムをやる人が少なかったから、バンドのドラマーはそのバンドの要となりやすく、自然、リーダー的存在になるのだった。必ずしもそんなことはないのだが、当時はそう思っていた。ザ・スパイダースの田辺昭知氏しかり、ブルー・コメッツのジャッキー吉川氏しかり、そしてクレージー・キャッツのハナ肇氏しかりである。とはいえ、そのぶんだけたいへんだったところもある。広さはそこそこにある家ではあったが、部屋で練習などしていると、よく近所から石を投げられて、窓ガラスを割られたりした。

中学校に入ったころ、次兄はフィンガーズというバンドで「勝ち抜きエレキ合戦」（というテレビ番組があったのだ）でチャンピオンとなり、それがきっかけで後にプロの道を歩み始めることになるのだが、プロになる以前から都内のホールなどで開かれるダンス・パーティによく出演していた。

僕はそんな兄に連れられ、彼のバンドのトラとしてよく叩かされたものだった。トラ、というのはつまり、エキストラの略で、急きょメンバーが欠けた際の代役、ピンチヒッターといったようなもの。いっぱしの若者にまじって、子供がドラムを叩いている図、というのもおかしなものだが、おかげで舞台度胸だけは養われた。

だから、今日のパーティの対バンが大学生だと聞いてても、何ら恐るるに足らず。まわりのメンバーも、ガキのくせして百戦錬磨《ひゃくせんれんま》のツワモノばかりだったから、僕同様「じゃあ、聴いてやろうじゃん」と半分ナメてかかっていた。

相手のバンドは、バーンズといった。慶応大学の一、二年生のバンドで、一人だけ立教の三年生がベースのトラで入っているという。

演奏が終わると、おもむろにそのベーシストが話しかけてきた。名を細野晴臣といった。

「キミたちにソックリなバンドを知ってるんだ。実は僕、そのバンドともやってるんだけど、今度一緒にその連中とセッションしない？」

いきなりの誘いに返答に窮《きゅう》している僕たちに、彼は続けた。

「じゃあさ、今晩キミたちのところに行くよ。その話ももう少ししたいし」

僕らの別荘の場所を聞き出すと、彼は去っていった。低い声でゴソゴソっといった感じの口調で、ちょっとヘンな人だな、と僕は思った。

夜。深夜と言ってもいいころ、メンバーはみんなゴロゴロしながら、音楽談義に花を咲かせていた。

と、誰ともなく、今日のパーティの話題が出る。

「ま、大したことなかったな、今日のバンドも」

「でもさぁ、ベースは良かったと思わない？」

「ああ、あのベースはスゴかったな」

ドラムもなかなかのもんだったな、と僕は思った。けれども、同じドラマーである僕が、彼を褒《ほ》めるのは、ちょっと気がひけた。ドラムは、確か、松本隆とかいったな……。

ふいに呼び鈴が鳴った。

こんな時間にいったい誰だろう、と思いつつ玄関に向かい、ドアを開けた。真っ暗な深い闇の中に、一人の男が立っている。細野さんだった。

「来ちゃったの」

長い髪をかきわけることもなく、彼はポツリとそう言った。車でも相当な時間がかかる距離を彼は自転車で、それもたった一人でやってきたのだった。夜中の山道を黙々と自転車をこぐ男という状況を想像するだけで、十分にブキミだ。

「よく、あの距離を……。よく来ましたネ」

「遠かった……」

僕は彼にお茶漬けを作ってあげ、一緒に食べた。静かに黙々と食べた。突然顔をあげて、彼は言った。

「ボク、スプーンでお茶漬け食べるの初めて」

十数年後、今度は彼の家でオニギリを食べながら、坂本龍一とともにＹＭＯ結成の構想を打ち明けられることになろうとは、このときの二人に想像できるはずもなく、ただ さらさらとお茶漬けをかきこむばかりだった。

——近頃はおしゃれというものがですね、一般化したというか大衆化したというか。おしゃれのコンビニエンス化がずいぶん進んできましたよね。高橋さんは、まぁ、いわゆる〝おしゃれ人間〟という認知のされ方をしてる一人だと思うんですが、そういう高橋さんから見て、最近のおしゃれブームをどんな風にご覧になってますか？

高橋　僕、今もっとも嫌いな言葉が〝おしゃれ〟なんですよ。〝おしゃれ人間〟とかって、ヤだよね～。カッコ悪い。ま、一〇年間くらいデザイナー[*1]してたから、今さらおしゃれもへったくれもないやっていうところもあるんだけど。もう、巷《ちまた》のそれとは価値観がちがうから。

——価値観がちがう……。

高橋　何かカタログ的に「あれ買って、これをこうして」みたいなことに興味が持てない。こういう組み合わせもトレンディかな（笑）とか、思わないわけ。嫌いなんだ、トレンディって言葉も。

——一〇年間くらいのデザイナー活動があったということですが、今のようなファッション全盛時代が来るってことは想像されてました？

高橋 想ってましたけどね。ただ、僕が着たい服というのと、大衆が欲している、いわゆる売れる服というものの間には大きなギャップがありましたから。

——現在のおしゃれブームは、高橋さんが望むのとはちがう方向にあると。

高橋 だから、当時から洋服でヒットを飛ばしてみようとかって発想はまったくなかった。確かに、たくさんの人が自分の服を着てくれることはうれしいけど、その中でも「自分はみんなとちがうんだ」ということを感じていたいっていうのが強いほうなんで、どうしても矛盾が生じてきちゃう。たくさん作ってたくさん売るという、そのこと自体にも抵抗はあったし。

——むしろ自分たちのための物だけを作りたいと。

高橋 自分のエゴを満足させるため。

＊1 松山猛、加藤和彦とともにプロデュースしていた〝Ｂｒｉｃｋｓ（ブリックス）〟のこと。テクノ全盛期に、テクノ、ニュー・ウェーブ族にとってブリックスの服を着ることは最高のステイタス・シンボルであり、店内は彼らであふれていた。現在は残念ながら営業を停止している。

——それって、高橋さんの音楽活動の部分にも、どこか通じるものがありそうですね。

高橋　わりと、そうかもね。

——幸宏さん自身の最近のファッションというのは……。

高橋　やりつくしちゃって。若いやつらがやってきゃいいや、みたいな感じ。なんでもいいんです。

——若いやつら、なんて、幸宏さんまだ三〇代じゃないですか。

高橋　まあね。とにかく、おしゃれに一生懸命なのって今はカッコ悪いとしか思えなくて……。

——さっき、トレンドというのは嫌いだ、というお話がありましたね。このあいだTVの歌謡番組にミカ・バンド[*2]として出演されたときに、司会者が「今年、もっともトレンドな同窓会」なんて言ってましたけど、高橋さんのやってることって、結局は〝トレンドもの〟に関係してるでしょ。牽引《けんいん》者的な立場にある、みたいな。

高橋　草分け？

——ええ（笑）。いつもトレンドなんじゃないかって感じありますけどね。最終的にそういうことになるのかもしれないし。

高橋　そうですね。そうしないとやだっていう。かといって「時代をリードしていく」とかいう意識も言葉も嫌いなんだけど。

――でも、かなり大衆は意識してますよね。

高橋　大衆にこちらから迎合するってことはない。興味がないんです。もともと、みんなが「今、これだ」というものがあるとしたら、じゃ、そうじゃないものにしようという発想から始まってるから。

――それは、いつごろからそうだったんですか？

高橋　子供のころから。みんなと同じじゃイヤだっていう。

――ヘソまがり的な偏屈者の発想。

高橋　そうです。屈折してたんです。小学生のころから。

――アタマでっかちのイヤなガキだったと。

高橋　ほっといてください。

＊2　サディスティック・ミカ・バンド。元ザ・フォーク・クルセイダーズの加藤和彦が七〇年代に結成したグループ。日本で初めて海外進出に成功したロック・グループで、セカンド・アルバムの『黒船』（一九七五）は海外でも高い評価を受けた。同年、イギリスでロキシー・ミュージックと公演ツアーをおこない、帰国直後に解散。八九年春、一四年ぶりに再結成し、アルバム『天晴《あっぱれ》』発表。巷では、ミカ・バンドの再評価の動きアリ。

――なんか、高橋さんの人生というのを振り返ってみますと、あんまり〝挫折〟のようなものに縁がなかったんじゃないかと思うんですが。

高橋　逆に、ないから探すようになっちゃったのかもしれない。具体的な挫折ってなかったような気がするもの。ただね、コンプレックスはいろいろあるんです。それがやっぱり裏返しで出てきてる部分てのもあるから。ミカ・バンドの初期のころだったかな、トノバン[*3]と一緒に言ってたんだけど、あごヒゲが耳まできれいにそろってる奴っているでしょ、ああいうのに憧れてね。僕らは全然生えないんだもん。トノバンなんか、「一〇センチ背が低くてもいいから、ヒゲ濃くなりたい」なんて言ってた。

――でも、そんなことってコンプレックスっていうほどのもんじゃないでしょう。

高橋　そりゃ、口にできないような深刻なコンプレックスだってありますよ。だいたい、簡単に人前で話せるようなものはコンプレックスとは言えないだろうし。あくまでひとつの例、なんだから。

――それにしても、はっきりと「挫折したことない」なんて、よく言えますね。

高橋　君は何が言いたいの？

――まあ、いいでしょう。話を戻しますね。冒頭の、おしゃれの大衆化ですけどね、その核になってるのは若い男たちじゃないかと思うんですけど、その辺はどうですか？

高橋　若いヤツね。たとえば背が高くて、流行りのリクルート・タイプのグレンチェックのスーツなんか着て、ドットのタイ締めちゃってるようなヤツでしょ。嫌いなんだよね～。アタマは刈り上げ、顔はメンズ・ノンノに出てきそうに涼しげで、爽やかな汗が似合うとか言われるヤツ、あ～、イヤだイヤだ。

[4] [5]

――それだけ感情的になるというのは、つまり幸宏さん自身のコンプレックスの裏返し

＊3　加藤和彦の愛称。ザ・フォーク・クルセイダーズ、サディスティック・ミカ・バンドを経て、ソロへ転向、多くのアルバム・プロデュースも手がける。ソロ・アルバム『パパ・ヘミングウェイ』『あの頃、マリー・ローランサン』などに聴かれる〝大人のポップス〟は彼ならではの味わい。トノバンの由来は六〇年代の英・フォーク歌手、ドノバンから。

＊4　大小異なった太さのラインによって構成されたチェック。タータン・チェックなどにくらべ、落ち着いた組み合わせで、大人っぽい雰囲気。俗に言われる〝エリート・ビジネスマンの定番アイテム〟として人気がある。～ドットorレジメンタルのタイに、グレンチェックのスーツ、ストレートチップの靴は三種の神器～（「八九年型ビジネスマン・ノート」より）

＊5　水玉模様のアスコット・タイのこと。タイにおけるドットの大きさ、バランスによって、センスが問われる。

なんじゃないんですか。

高橋　そうかもしれない……いや！　別に、だから嫌いってわけじゃないんだよ。カタログ通りにね、マスコミの提示したものに踊らされちゃってる、そんな若者が嫌いだってことなの。そういうヤツらが、あまりにも多すぎるでしょ。

――なるほど。では、そういう〝嫌いなタイプ〟の若者たちですけどね、話をむりやり音楽に持っていきたいんですが、彼らの多くにとって、音楽は単にファッション・アイテムのひとつになってしまってるということがあると思うんです。幸宏さんたちがそのくらいの年代のころは、音楽によって人生観が変わっちゃったりという、そのくらいの影響力がありましたよね。

高橋　うん。それは今とは全然ちがう。

――そういう状況の変化をどう思いますか。

高橋　別に、なんとも。残念だとも思わないし。しょうがないと思う。それだけの魅力が今の音楽にあるかといえば、そんなこともないしね。

――幸宏さんの前回のアルバム*6などは、半年近くの歳月をかけて作られている。だけど、しょせん聴き手はそれほど真剣には聞いてないかもしれない。悲しい図式ではありますね。

高橋　だからといって、手を抜くことができない。したいとも思わないけどね。僕の場合、自分は常に送り手でもあるし受け手でもあるから、少しでも不完全なところがあると、気持ちが悪くて仕方がない。自分と同じレベルの人が聴いているという意識で作っていますから。

＊6　八八年秋に発売された高橋幸宏、通算一三枚目のソロ・アルバム『ＥＧＯ』のこと。ゲストにアイヴァ・デイヴィス、細野晴臣、坂本龍一、ノッコなどを迎え、デビュー作『サラヴァ！』から一〇年ぶりに⁉骨のあるアルバムとして話題を呼んだ。パワフルでダンサブル、センシブルｅｔｃ、すべての装飾語を使っても言い足りぬ名盤。ちなみに本作を作るにあたり、幸宏が愛飲したスポーツ飲料、三〇七・五本。煙草「ハイライト」で七三八〇本。

美談では、ある⁉

明るい午後の日差しだった。もう六月だというのに雨も降らず、じっとりとしたあのツユの嫌な感じもない。むしろ風は、まさに初夏のそれで、心地良い。

僕はその年、入学したばかりのこの美術大学っていうやつの校門前にある、バス停の横の、車道と歩道とを分けるあの味気ないガードレールの上に軽くよりかかるように腰かけていた。

フッと地面の上にあった視線を上げるのとほぼ同時に、見慣れた白いカローラが止まった。相変わらず洗車をしていないらしく、ホコリをかぶったその車のドアが開くと、ニコニコしたいつものIの顔があった。

Iは高校時代からの知り合いで、ギターをやっていた。一応ひとつ年上ということで、この大学の先輩でもあった。

「あれ、もう帰るの？」

僕は軽くうなずいて、

「うん、もう授業ないし、今日は帰る。これから？」

「そう、そのつもりだったけど、今日はカズエも一緒だし、たいした授業もないから別に帰ってもいいんだ。送っていこーか」

助手席にいたIのガールフレンドのカズエが、窓から顔を出して手を振って笑った。彼女はIの通っていた青山学院高校の同級生で、今はそのまま大学に進学、今で言ういわゆる女子大生であった。もっと補足するなら、現在はIの良き妻であるはずだ。

変なことを言う奴だな、と僕は思った。今、学校に来て、おそらく午後の授業のために来たはずなのだ。何で校門の前まで来て、帰りのバスを待っている自分を乗せてまた都心に帰るなんて言うのか（その、僕の通っていた大学というのは、一応東京都とはいうものの、その実は都下、つまりちょっとした郊外にあった。しかもそのころ、僕は車の免許を取得中で、電車・バスでの通学だったのだ）。

「う、うれしいけど、いいの？　今来たんでしょ」

「いいのいいの、送ってくよ。今日はカズエとドライブに来たよーなもんだから」

僕は後部座席に乗り込んだ。

「何か悪いな。せっかくここまで来て、まただだ僕を送りに帰るなんて」

「それはいいって。それよりユキヒロ、今日の夜は何か予定あるの？」

「いや、別にない。とゆーか、全然ないよ」

本当に何の予定もなかった。

「じゃさ、今夜僕たちと飲みに行かない？　今、家まで送ってってから、夕方もう一度迎えに行くからさ」

ずいぶん親切な奴だ、と思った。もともとＩはすごくやさしい、人当たりのいい奴ではあるのだが、それにしても今日は何か変だ。まあいいか。とにかく悪い話じゃあない。楽しそうだし。……なんてことを考えている間に、車は青梅街道を都心に向かい、今でも道沿いに昔ながらの武蔵野の面影を残す国分寺付近を走り抜けて行った。

もう夜に近い、だいぶ遅めの夕方になって、Ｉはまた迎えにやってきてくれた。もちろん助手席にはカズエも乗って。

「ごめん、遅くなっちゃって。六本木のさ、〝吉葉〟で久し振りのチャンコ鍋といこうよ」

「いいね」

僕は車に乗り込んだ。実は夕方まで僕は考えていたことがあった。今日六日は自分の誕生日なのだ。何の予定もなかった自分が何か少しナサケなく、かわいそうな気がして、自らをいとおしく思ってさえいたのだった。

そういえば、兄姉からの誘いも何もなかったし、唯一その日家にいた母親からも何も言われなかった。今出てくるときだって、「じゃ、ちょっと行ってくる……」「ハイ、行ってらっしゃい」てな具合だ。忘れているんだろうけど、みんな冷たいよナ、と思っていた。かといって、自分から切り出す気もない。そんなときのIの誘いだ。内心ホッとしていたのも事実だった。もしかすると、Iは気がついていて、こうして誘ってくれたのかもしれない。そうだとしたら素敵だな、とも思った。

車が六本木のチャンコ鍋屋〝吉葉〟に着いたのは、確か七時をまわっていたと思う。高校時代から、何度か行ったことのあるその店は、いわゆる相撲取りの食べるチャンコを、もう少し一般向けにこじゃれた味つけにして出している店だ。よし、今日は飲もうか、てな感じで中に入る。

「そこの隅のテーブルでいいかな」

一階の隅のほうの四人がけの席を指さして僕が言う。

「いや、ちょっと地下の座敷に行ってみようよ」

と、I。

「でも、お座敷は人数が多くないと駄目だよ、たぶん」

けれども、僕が店の仲居さんに尋ねる間もなく、Iとカズエは階下に降りて行った。しかたなく後に続く。階段を降りると、左手にずいぶん大勢の団体が入っているのが見えたが、気にとめず、右のほうに進もうとした。と、そのとき、大声で誰かに呼びとめられた。

「ユキヒロ‼」

振り向くと、こちら向きの座敷に並んでいるのは、知った顔ばかりのようだ。

「あれ？　何でみんなここにいるの」

一瞬、わけがわからなかった。が、次のみんなの言葉で事態を把握した。

「幸宏、お誕生日おめでとー！」

僕は何と言っていいのかわからずにその場に立ちつくしていた。よくよく見ると、いるわいるわ、み〜んないる。兄貴も姉貴も、友人たちも、そのころ僕が仲良く付き合わせていただいていた仲間たちみんなと言ってもいいだろうそれらの人たちが、一様に笑顔を向けているのだ。花とかプレゼントとかも置いてある。

「さあ、飲んで飲んで。今日の主役は幸宏だから」

「ウン、ウン」

誰ともなくつがれる酒を、つがれる端から飲んだ。ただ飲んだ。他にうれしさを表現できなかった。

ほんの三〇分くらいたったころ、その日の主役であるはずの僕は、トイレの中でうずくまっていた。何もわからなくなっていた。それからのことは、今でも何も覚えていない。四時間だったそーだ。その間、僕は気を失っていたのである。他のお客も、トイレに入れず大弱り。店からは、二度と来ないでくれと言われたそーだ。いくら呼んでも出てこない僕をトイレからかつぎ出したのは、兄だったそーだ。トイレに入って、あの〝大〟用のドアをみんなで交代に何度も叩き、名前を呼び、なだめすかしたりしたが反応がなく、結局、兄がドアを乗り越え、天井とのすきまから中に入ったのだそーだ。僕は中で、便器にうつぶしていたという。

後日、兄が言った。

「いくら兄弟とはいえ、幸宏がズボン降ろしてなくて良かったよ」

美談では、あるのだが、少し汚くもある……。

恐怖のお城スタジオ

その年のロンドンは、五月に入ると例年よりも晴れた日が多く続いていた。そうは言っても、朝のうちに一度は小雨が降るのだけれど、午後にはカラッと晴れあがり、青空の中を早い速度で横切る雲の下、ハイドパークあたりでも、日光浴というよりは日なたぼっこといった感じで、人々が芝生の上に寝ころんでいたりする。僕たち日本人から見ると、よくこんな肌寒い中で、と思われる気温でも、彼らはTシャツ一枚で平気なのだ。イギリス人は、よほど太陽が恋しいらしい。

古い街並みと人を眺めながら、僕は車を飛ばす。ほんの少し前までいたフランスの空気とは、やっぱりちがうな、と、そう思いながら。

三月に自分のレコーディングのためにロンドン入りした僕は、四月の半ばからは今度は加藤和彦氏のレコーディングということで、パリ郊外にあるシャトー・スタジオに行くことになっていた。フランスの古いお城を改築して作ったというそのスタジオは、わりと前から世界のメジャーなアーティストたちが好んで使っているということもあり、一度は行ってみたいと思っていたところだ。自分のレコーディングを一時中断しなければいけないのは、やや問題ではあったが、日本から本人である加藤氏をはじめ、坂本龍一・矢野顕子夫妻が、そしてスペインのイビサ島から、これまた別のレコーディング・セッションに行っているはずの細野さんもかけつけるというのだから、都合が悪いと言って行かないわけにもいかず、そのために僕のレコーディングでロンドンに来ていたギターのケンジ（大村憲司氏）も同様のスケジュールとあいなった。

ドゴール空港についた僕とケンジ、細野さん（彼は数日前にスペインからロンドン入りしていた）、そしてピーター・バラカンの四人は、先のりして迎えに来ていたわがオフィスの伊藤さんに手を振った。同行したピーター・バラカンもまた、僕の所属していたオフィスの国際部にいて、海外ではマネージャーのようなことまでやってもらっていた。

飛行機嫌いの僕ではあったが、ロンドン―パリ間約四五分程度のフライトなら、まだ少しは元気も残っているようだった。

「どうでした、飛行機」

「いや別に。ちょっと揺れたけど大丈夫。それより、そのスタジオ、どう？」

「いや～、なかなかスゴイところですよ。とにかく行きましょう。車を待たせてあります」

パリ郊外ということだったが、約一時間ほど走っただろうか、そこは本当にフランスの片田舎の小さな村のはずれにたたずむ、まさに石でできた大きなお城といった風であった。僕には、子供のころにテレビで見たアメリカの戦争映画『コンバット』の舞台のようにも思え、なんだかそこらじゅうに、ノルマンディ上陸後のヨーロッパ戦線のアメリカ兵士と、フランスのレジスタンスが潜んでいそうな感じがした。

中に入って居間とダイニング・ルームを兼ねている大きな部屋のドアを開けると、トノバン（加藤氏）と奥様のズズ（安井かずみさん）、そしてレコード会社のスタッフ等が、ニコニコして「ようこそっ」と言った。僕らも軽く会釈してこたえる。

「いや〜、想像してたよりも、もっとスゴイとこだね」

「でもね、ユキヒロ、ちゃあんとシェフがいて、料理とワインはバッチリだからね」

トノバンの声がいつになく弾んでいる。

「いや〜、おもしろそ〜」

細野さんが子供のような顔になってつぶやいた。ケンジもピーターも、なんだかうれしそうだ。僕はちょっと嫌な予感がしていた。

その日は教授（坂本氏）夫妻がまだ到着せず、セッションはなかった。スタジオを下見して、注文しておいたドラム・セットをチェックすると、案内されるままにそのスタジオ（?）ご自慢の宿泊施設とやらを見に行った。

さっきの予感は、当たった。まことに大きな部屋である。ホテルのスイートどころではない。天井はバカみたいに高く、壁は石でできている。

「ここに寝るのか」

僕は心の中でつぶやいた。せめてもの救いはその部屋が僕一人きりのものではなく、それぞれ隅にベッドが置いてある、とりあえずは僕、ケンジ、細野さんの三人用の部屋ということだった。

「三人なら、そんなに恐くないか」

僕は自分に言い聞かせるように、もう一度心の中でつぶやいていた。

夕食は素晴らしく美味だった。フランスの田舎の家庭料理といった風で、決して豪華とは言えないが、僕の空腹は次々に満たされていく。そして、これまた高価ではないが、素朴な味の飲みやすいワインとまじわって、みんなを楽しくさせるのには十分なものであった。

「ユキヒロ」

ふいにトノバンが言った。

「ユキヒロたちの部屋、なんか雰囲気スゴイでしょ」

「うん、けっこうキてるよね」

僕はあいまいな返事をした。どういう意味でスゴイのか、よくわからなかった。

「あそこは出そーだね」

細野さんの低い声。

「ウン、ありゃ、絶対出る」

ケンジもあとを続ける。「やっぱりだ」僕は思った。みんなもそう感じていたんだ。じわじわと、しかしあきらかに、あせりが出始めていた。

実は子供のときから、オバケとか幽霊とかそういうのに弱いんだ。こりゃあ、飲んで酔っぱらって寝るっきゃないな。ワインを飲むピッチがあがる。ところが、いっこうに酔わない。どうしよう。

食事の後は、暖炉の前に陣取っての楽しい会話となった。ロンドンではこんな曲が流行ってるよ、とか、世界のどこどこのスタジオはこうだ、とか、誰々も何日にロンドンに着くらしいから、ますます日本はガランとしてさびしいだろうね、といったまったく他愛もない話であった。「よしよし、とりあえずは恐ろしい話は出ないな」僕はなんとか平静を装って笑っていた。

「さあて、今日はもう寝ますか」

誰かが言った。ドキッとした。いよいよあの部屋へ行って寝るのか。覚悟を決めなければ。「しかし、三人だ。なんのことはない」僕は一番先に部屋に入ると、寝るしたくを始めた。

「なぁんか、ここ気持ち悪いな」

細野さんが言った。触れたくない話題であったが、ここはわざとでも言葉にしたほうが気が楽だ。

「絶対、ヤだよね。夜中に鎖を引きずる音とかしてさ、うめき声なんか聞こえてきちゃったりしてさ、ウウ〜ッなんつって」

僕は大きな声で明るく言ってみた。

「やめてよユキヒロ、それマジに恐いヨ」

ケンジがまじめとも冗談ともつかない様子で言う。

「ウン、そりゃ嫌だなァ」

細野さんも、半分笑いながらもちょっと真剣だ。

「でもさぁ、ウウ〜ッ、ウウ〜ッとかって」

自分が恐いものだから、僕の声はよけい大きくなった。みんながベッドに入って明かりを消してからも僕は続けた。

「やめてよ、ユキヒロ」「やめてくれ〜」

ケンジも細野さんも悲鳴を上げる。さらにおおきな声で、僕は続けた。笑いながら、

「ウウ〜ッ、ウウ〜ッ」

何度も何度も。

ふと気づくと、まわりはシーンとしている。まさか、と思った。いくらなんでも二人とも寝てしまうには早すぎる。小さな声で名前を呼んでみる。

「ケンジ、細野さぁん」

……返事がない。しまった。先に寝られてしまった。しばらくすると外から聞こえる鐘の音。

〝コゥァ〜ン、コゥァ〜ン〟

何時を告げているのだろう。身動きできないほどの恐ろしさが僕のまわりを包む。もう一度二人の名前を呼んでみよう。

「ケンジ、細野さん、鐘が鳴ってるョ」

返事はない。どうしよう……。

あれ？ 何だろう。ヒタヒタ。どこからともなく足音が聞こえる。気のせいだろうか。耳を澄ましてみる。

ヒタヒタヒタヒタ……。

まちがいない。足音だ。僕は混乱し、恐怖におののいた。しかし、そんな僕の状況をよそに、足音は次第に大きさを増し、僕らの部屋の前でピタリと止まった。
ギ、ギギギ〜ッ。
にぶい音を発して、ドアが開いた。

った。

「うわぁ〜ッ‼」

僕は誰にはばかることなく、大声で叫んだ。

「ねぇ、変なうめき声聞こえなかった？」

トノバンだった。ニコヤカな彼の表情とは反対に、そのとき僕は、ほぼ失神状態にあった。

あくる日から、僕のこの話はみんなの笑い話となった。結局、一睡もできなかった僕は、近くにホテルの部屋をとってもらい、そこから通うことになったのである。

それにしても、初夏のロンドンのなんと気持ちの良いことか。自分のレコーディングも順調に進み、開け放った車の窓から入ってくる風もさわやかで、僕はすこぶる機嫌が良かった。使い慣れたレンタカーのルノー5は快調に走り、オックスフォード・ストリートにあるエア・スタジオも、もうすぐそこだ。仕事が終わっても、もうしばらくこの街にいようかな、などと考えながら、あのフランスのお城スタジオ事件を思い出し、一人クスクス笑ってしまった。

ディスポーザブル・マインド

「幸宏さん、先に降りてください。車止めちゃいますから」

マネージャー・Sの言葉に、僕はドアを開けると、駐車場に降り立った。東京は原宿。ちょっとせわしなさを感じるありきたりな午後。僕とSは、仕事の打ち合わせを兼ねて食事をしようと、ラフォーレ原宿の駐車場に車を止めたところだった。例の、回転式リフトに車をおさめ、窮屈《きゅうくつ》そうに出てくるSを見とどけてから、らせん階段を上がる。原宿の街はあいかわらずの喧噪《けんそう》ぶりを見せていた。「ずいぶん天気がいいな」などと、あらためて思ってみる。

本当のことを言うと、こんな真昼間から原宿なんかを歩くのは、ちょっと照れくさい。いや、誰も見てないのだということはわかっているのだが、何となく人目が気になってしまうのだ。いわゆる自意識過剰というやつだな。

〝コン、コン、コン〟

靴音が妙に響く鉄製のらせん階段をのぼり、透明なガラスのドアのとってに手をかけると、下のほうから慌《あわ》ただしく駆けあがってくるSの靴音が聞こえた。

中に入ると、資生堂パーラーの店先には、席の空くのを待っているのか、会計を済ませて出てくるところか、四〜五人の女性がたむろし、入口をふさいでいた。僕はかまわず、それでも少しだけ伏し目がちにドアの前に立つと、とってをつかみ、手前に引いてみた。

〝ムッ〟

おかしい。開かない。周囲を木枠でかこまれたそのガラスのドアは、押しても引いても、ぴくりとも動かないのだ。ガラスの向こう側の女性たちが、けげんそうな顔で僕を見る。

〝おかしいな。つかえてるのかな〟

僕の押したり引いたりの動作が、少し大げさになってしまう。つかつかとSが歩み寄り、小声で、そして冷たい声で言った。

「幸宏さん、それ、開いてますよ」

〝しまった〟と思ったときはもう遅かった。そのドアは、いわゆる引き戸という、横にスライドする方式のもので、本体が収納されている壁からとっての部分だけが露出し、僕はそれを必死でつかんでいたのである。つまり、ドアはすでに開いていたのだ。

〝なんてこった〟

と、僕は思った。

〝カッコ悪いじゃあないか〟

と、自らをなじった。

だいたい、こういうところのドアは、押したり引いたりというのが普通なのだ。いやいや、ここは東京・原宿のド真ん中だぞ。自動ドアだっておかしくない。二〇世紀も終わりに近いというのに、なぜに今、引き戸なのだ!……しかし、そういえば、PULLとかPUSHの標示はなかったみたいだな。なんで気がつかなかったんだろう。いや～、油断した。——といったことを、約〇コンマ五秒くらいの間に考え、店内に一歩足を踏み入れようとしたその時だった。ドアの正面の席に座っていた件《くだん》の女性たち、いかにも女子大生風のギャル（ひぇ～、嫌な言葉）三人が、チラッとこちらを向いて放った囁《ささや》きが、僕の耳に飛び込んできてしまった。彼女たちはこう言ったのだ。

「バ・カッ」

確かにそう聞こえた。チクショー、見られてたか。もろに。その間ほんの三〇秒ほどの出来事ではあったが、僕にはひどく長いものに感じられた。

恥ずかしいこと、カッコ悪かったこと、誰にでもあるだろう。あとで一人で思い出して、顔から火が出そうになるような経験が僕にもけっこうある。

しかし、考えてみるに、この〝カッコ悪い〟ってーものは、いったいぜんたい何なんだろう。本人の美意識の問題であることにちがいはないだろうが、そう言うとちょっと大げさなような気もする。確かにその人その人によって異なる場合もあることはあるが、冒頭の話のように誰が見ても、どー考えてもカッコ悪い状態というのもあるからね。ところが僕から見ると明らかにダサイと思われることが、世間一般ではとても素敵なこととされていたりすることもあるから、この問題は相当に主観的なことでもあるようだ。

主観的、といえば物事に対する〝好き嫌い〟というのがあるけれど、この〝嫌い〟という表現であらわすことならば、僕のまわりにいくらでもある。それも、ただ単純に嫌いというだけでなく、僕の場合、嫌いなこと、物、言葉、人物、状態などのそれぞれが、からみ合い混ざり合った複雑きわまりない〝嫌い〟があったりするからよけいにやっかいだ。

たとえば、とても時代的なもの。つまり、〝時代にフィット〟してたり、〝ブーム〟だったりするものって、どーもヤだ。まぁ、僕自身や僕の作る音楽が、まったくそうだったときもあったのだから、あまり大きな声では言えないのだが、軽い感じで〝今これがトレンド〟などとはしゃいでいる奴は、マジに頭をハリセンで思いきりひっぱたいてやりたい。

流行なんてものは、どうせアテにならないのだから、そのときどきで適当に楽しんでりゃいいのだろうけど、アタシャ屈折してますからね、そうそうおいそれとは楽しめないわけですよ。

そもそも、まわりで流行っているものなんてーのは、頭っから疑ってかかっちゃうわけで、テクノロジーの進歩とともに生まれてきたいたずらなハイテクものなんかにゃ、ついつい懐疑的になっちまう。（おっと、これじゃあ、ただの依怙地《いこじ》なおっつぁんか。それにしても、どうして江戸っ子口調になってしまうのか。山の手生まれなのに）

そして、しつこいようだが、若者——特に二〇歳前後ぐらいに必ず見られる〝ライト感覚（古い言い方）〟みたいな雰囲気の奴。ヤですねー。スポーツなんかにしても、本気で入りこんで身体毎日鍛えなきゃとてもやれないというような〝ハードもの〟はとりあえず置いとくせに、それでいて筋肉つけるのが流行ってれば自分もやらなきゃ気が済まない。通信販売で簡易ジム用品を買いそろえ、狭い部屋で汗を流し、仕上げは、これも通販で手に入れた日焼け灯。悲しいじゃありませんか。

音楽やアートにしたって、確かに多種多様にわたっているようには見えるものの、その実、非常にカタログ的で、かつ画一化している。ファッションについても、そう。情報過多で、あまりにもお手本が多すぎるからか、どんなにがんばってみても無個性に見えてしまいがちだ。

だから、そんな〝ムコセー〟人たちの憧れる流行りの職業ってのも、吐き気をもよおすほどに、ヤだ。第一、シゴトに流行りなんかあってたまるかぃ。〝ソフトを売る時代〟だかなんだか知らないが、○○プロデューサーだの、××プロデューサーだのと、近頃はプロデューサーもどきが流行っているようで、スーパーに行けば「今ならプロデューサー、大安売り」ってくらいにもてはやされているけれど、いいかげんにしてほしい。もどきは、必要ないのだ。

中には本当に才能のある奴もいるのだろうが、ナントカプロデューサー、という肩書きをつけているだけで、何だかどーもウサンくせぇ。

はっきり言おう。俗に言う〝オシャレな生き方〟なんてものは、僕から見ればあまりカッコ良いものではない。その表現自体、ナサケないではないか。

男・女、どちらでもいい。都会のド真ん中にあるマンションのハイテックな一室なぞに住み、いい車(スポーツ・タイプのカブリオレだったりする)に乗って、いいシゴトして、週末や休日には必ず適度なスポーツなどし、男なら、まずきっぱり爽やかに短髪、女ならやはりロング、ワンレン風、お気に入りのファッション・ブランドは、そうだなぁ、アルマーニ、ベルサーチ、シャネル、アライア、タケオ・キクチ、ジュンコ・シマダなんてとこだろうか、食べ物はどこどこの何々がおいしい、なんてことをよく知っていて、最近はヘルシーなエスニック料理を好み、それでいて「カラオケは好きです」なんて言ったりする……。おしゃれな生活。悪かぁないけど、何かこう、ピリッとしないんだなァ。

まわりから、一分のスキもない、と言われているような人の、ひどい醜態やら失敗やらを見たりすると、けっこういいもんだと思ったりするもんだ。そう、アタマからオシマイまで〝おしゃれ〟にキめこんだ生活なんかより、そこにちょっとした破綻《はたん》があるくらいのほうが、カワイイのである。人生、転んじゃうときがあってもいいじゃないか、起きあがってエヘへと照れ笑いのひとつも見せるのがいいじゃないか！　でもなァ、成功だらけの人生ってのも悪くはないな……。

とにかく！「わたしゃ、こうでござい」と力が入って生きるのは駄目《だめ》。かといって、何でもかんでもお気軽・お手軽なのもいただけない。

要するに、ちょっとしたアイロニーみたいなものがほしいわけだ。依怙地なのは良くないが、シニカルで、少し皮肉なくらいの奴ってーのは、いいなぁと思う。世の中に対する洞察眼《どうさつがん》にすぐれ、ふつうとはちがう視点を持つ。それでいて素直なところもあり、感動したりするときはマジメにする。何でもすべてをオチャラケにしてしまってはいけない。

世にあふれんばかりの情報の呪縛《じゅばく》から逃れるためには、一個人の感性がしっかりと独特であるべきなのだ。そうだ、ドクトク君こそ、今最も望まれる若者像なのだ！

話を元に戻そう。〝カッコ悪い〟の問題だ。こうしてみると、〝カッコ悪い＝嫌い、イヤ〟といった図式は、必ずしも成り立たないような気がするが、その反対に〝嫌い、ヤだ＝カッコ悪い〟は十分にありえるようだ。大好きなガールフレンドの前で、思いきり転んでしまったとしよう。やはり恥ずかしいことだし、かなりカッコ悪い。それが求愛の時だったりしたらなおさらだ。けれどもそれを見て、「ナニよ、人前で転んでダサイわ、嫌いよ」などと思う女性がいたら、それも相当にカッコ悪いのだ。

僕の知り合いに、前々から密《ひそ》かに想いを寄せていた女性と、やっとデートまでこぎつけた男がいる。何日も前から試行錯誤を重ね、彼が食事の場所に選んだのは、フランス料理のレストラン。おそらく、それほどは気どっていないビストロ風のお店だったと想像される。普段着なれないスーツを着こみ、彼は家を出た。襟元《えりもと》には、窮屈なタブカラーに、紺地《こんじ》に白のドットのタイが光っている。

「食前酒は、シェリーなんかどう？」

男はまず、気どってこう言う。こういったところには来なれてるんだ、というところをアピールする。

「食事中は、やっぱりワインだよね。最近はもっぱらブルゴーニュ系の赤、さっぱりしてるのが好きなんだけど、僕が選んでいいかな……」

ここまでは、良かった。オードブルはそれぞれちがったものをオーダーし、シェアして食べた。なかなかいいぞ、と彼は思った。内緒ではあったが、田中康夫のデート・ガイドを読んでおいて良かったな、と、自分の〝予習〟を自賛したい気分だった。そんなところへ、〝シェフのおすすめスープ〟が運ばれてくる。コースではなく、お気に入りのものをチョイスして飲むスープ、これだよこれ、と、ちょっと気どってスプーンに手をのばした。

〝何か話さなくちゃ、いけない〟

ガイドブックによれば、食事の際の気のおけない会話は、重要なポイントになるという。そりゃそうだ。黙って食べていたって意味がない。せっかくのデートじゃないか。ちょっと中腰になり、椅子《いす》を引き、身を乗り出すと、彼女に向かって話しかけようとした、が。

彼女はなぜか、顔をしかめ、ソッポを向いている。あれっ?と思いながらもスプーンをスープ皿に運ぼうとして、彼は一世一代の不覚に気がついた。ちょうどいい長さに結ぶのに、おそらく五回は結び直したであろう彼のドットのタイは、無残にもスープの中にズッポリとつかっていたのである。

この話を聞いて、「あ〜、ダサイ」という女《ひと》は、僕に言わせればハリセンものだ。が、「カワイイじゃない」と妙に達観しちゃってるよーな女とも、つきあいたいとは思わない。意見の分かれるところではあるのだが、よくあることだけにね、ムズカシイのである。ま、これだけはハッキリ言える。確かに、すごく、カッコ悪い。

青空と大魔神

昔はよく空を見ていたような気がする。僕の通っていた高校には大きなチャペルがあって、昼休みやちょっとまとまった休みの時間には、そのチャペルの中庭の芝生の上に転がって、ひとり空を見ていることが多かった。友だちの中には訝《いぶか》しげに見る者もいたが、僕はそうしていることがなんとなく心地良かった。

当時、僕の学校では、応援団や空手部などを中心とする、いわゆる硬派のツッパリと、それに追随《ついずい》するホントは軟派のくせに硬派ぶる奴ら、僕らはこれをナンパコーハと呼んでいたが、そういうグループと、そして生粋の軟派というのがあって、僕は当然のことながらまったくのノンポリで軟派に属する少年だった。

軟派の中にもいくつかのグループというのがある。僕の仲間は石井、尾田、金海、巻という四人だった。僕を含めたこの五人の少年たちは、一日のうちの大部分を一緒に過ごしていた。

それはまさしく朝の登校時から始まるわけで、朝の東上線池袋駅というのがその一番目のタマリ場であった。七時二〇分発の電車に乗るのが、決められた登校時間に間に合うもっとも無駄のない方法なのだが、もし、誰か一人でも遅れたりした場合は、他のみんなはホームで待っているのである。駆け足で乗り換えの階段を降りながら、「待っていてくれるかな」などと思いつつホームに着くと、まずまちがいなく「待っていてくれる」。

とにかく、みんながそろっていないとイヤだった。

本当は、そのあとの電車でも、ちょっと無理をすれば遅刻にはならないのだが、たいていは池袋の街に〝ひと息つきに〟行った。

池袋の街には僕ら以外のグループもいて、中には朝から雀荘に向かう者もいたが、僕らはなんとはなしに喫茶店に入る。一～二時間ほどの間、「ダハハハ」「ククク」といった馬鹿話で時間をつぶし、それから学校に向かう、というのが我々の「朝の楽しみ方その1」だった。

池袋から僕の高校のある志木までは、約二〇分。学校に着くためにはそこからさらにバスに乗らなければならなかった。七時二〇分発を逃し、それでも池袋の途中下車をせずにあとの電車に乗り込んだ場合は、そのバスに乗るために走らなければいけない。それも面倒だ、ということになると学校までの長い道のりをひたすら歩くわけだが、この五人の少年たちにとって、それはたいしてつらいことではなかった。喫茶店で交わすのと同じようなダハハハ話をしているうちに、いつのまにか学校に着いている、という感じだった。

しかし、そのまま校門の中に入るわけではなく、学校の寮のウラ手にあるラーメン屋に入り、朝っぱらからラーメンを食べながらダハハハ話の続きをするのだ。このラーメン屋にはどこか人生をひねたような、そろそろ老年にさしかかったかな、という感じのおばさんがいて、無愛想に注文をとっていた。我々はこのラーメン屋を「ウラばばあ」と呼んでいた。

こうして「朝の楽しみ方その2　ウラばばあ篇」を楽しんでいるうちに、登校時間からはたっぷり一時間くらいは遅れてしまっていたが、「朝の楽しみ方その1」についても同じように、遅刻にはちがいないけれども、あまり気にせず、またとりたてて騒ぐような教師もいなかったように思う。おおらかな時代だったのだろう。生徒本部室というところで遅刻者カードというものを受け取ると、ニコニコ顔で教室に入っていった。

そんなわけで、正門から学校に入ることがほとんどなかった我々ではあったが、その正門近くに一軒のパン屋があった。ここを我々は「オモテばばあ」と呼び、もっぱら授業時間のタマリ場として利用していた。

一週間のうちに、選択教科の時間というのが六時間あり、生徒はそのうち四時間をそれぞれの都合で選べばよかったから、週のうち二時間は自由な時間を得ることができる。

そんなときは決まって、オモテばばあの店の裏庭で煙草などをふかしながら、ダハハハやククククやウヒャヒャヒャをするのである。僕は、当時はまだ煙草を吸っていなかったが、みんなにつきあってよくタマっていた。

それは我々以外のグループにとっても、まことに気のおけない憩《いこ》いの場であった。とはいっても、授業時間には変わりがないわけで、これも決まって生徒部長の三浦という先生が校舎の屋上から双眼鏡で我々をじっと監視していた。双眼鏡でのぞいても、生徒の顔カタチまでははっきりとはわからないのだが、それでも三浦はじっと見ていた。僕らに向かって双眼鏡をかまえる三浦の後ろには、真っ青な空が広がっていた。

数年前に、あるテレビ番組の企画で卒業後一五年ぶりくらいに母校を訪問したときに、この三浦先生は生徒を前にして、「お前らも、この高橋先輩を見習って立派にならなければ駄目だぞ」などと言っていたが、本心はどうだったか……。

一九六九年、初秋。高校二年の僕は、白いプルオーバーの綿のシャツにグレーのコーデュロイのパンツで、愛車のリトル・ホンダを駆り、原宿の駅に向かって朝の道を走っていた。登校時の服装としてはいささか校則違反ではあったが、それには理由があった。というのは、当時、僕らの話題の中心にあった映画『個人授業』の中のルノー・ベルレー演じる高校生、オリビエを気取っていたというわけで、だから、バイクで通学、という重要な条件を満たすために目黒の大岡山の自宅からわざわざ四〇分もかけて原宿駅まで行き、そこから池袋に行っていた。

朝の原宿・表参道は、オリビエの走るパリの街にそっくりの気分だったのだ。

ある日の学校帰り、そのオリビエの乗るのと同型の最新式の原動機付き自転車で表参道を走っていると、小雨がポツリポツリと降り出した。長い紺色のコートをはおり、「ウーム。映画のラストシーンみたいだな」と思わず顔がゆるむのを必死でこらえて帰路を走っていた。

映画の主人公になりきっていた僕は、少なからず道行く人の視線を意識していたように思う。「いいぞ。いいぞ」とつぶやきながら自宅に着き、着替えをしようと鏡を見た瞬間、僕は、「ありっ⁉」と言って座りこんでしまった。鏡に映った僕の頭は、まるでカーリーヘアーのようにクリンクリンになっていたのだ。フランス人独特のくせ毛を持つルノー・ベルレーを真似て初めてかけたパーマが、かけたてだったこともあって一斉《いっせい》にまるまってしまったらしい。

何年かに一度、「同窓会のお誘い」というのが思い出したように来たりすると、そのたびに「ああ、みんなはどうしているのかな」と思うものの、「会ってもしかたがないかな」とも思う。高校時代の友だちの中には、音楽事務所を経営していたり、大手洋服会社で管理職についている者などもいて、今でもたまに会ったり連絡をとったりするが、彼らは一様にフツーのおじさんのフリをする。それは当然ではあるけれど、同窓会の会場が、ゴルフコンペだったりすると、僕は「どうもちがうなあ」と思うのだ。そして、「やっぱり行ってもしかたないな」という結論に至る。同窓生には、官庁関係や会社を経営している者が多く、そうでなくとも会社でもそこそこの地位を得、グレーのスーツに身を固め、いい車に乗り、家には子供の一人や二人がいて、週に何度かは銀座のクラブに通う。そういうみんなとどんな話をしたらいいのだろう。

〝少年でなかった男はいないのに、それを忘れている男はたくさんいる〟

僕のコンサート・パンフレットのために、景山民夫氏が贈ってくれた言葉だ。そういえば、もうずいぶんたくさんのことを忘れてしまっているような気がする。自分が少年時代にかたくなに思っていたはずのことも、いったい何だったのかと思ったりする。だが、僕はかつてまちがいなく少年だった。そのことは決して忘れない。少年というと聞こえはいいが、つくづく自分は子供じみているな、と思うことはたびたびだ。

この年になって自分が子供じみているということを自慢気に言う奴もあまりいないだろうが、こんな馬鹿げたことを大切にしている自分を可愛く思うことすらあるのだ。

トキワ松学園という、僕が少年の入口にいたころにその多くの時間を過ごしていた小学校は、進学校だったから、放課後のほとんどは塾と進学教室で過ぎていったけれど、校舎にはさまれた狭い校庭から見るくっきりした青空は、今でも僕の心の中に住みついている。でも、あの校庭で一緒に青空を見ていた友だちは、今でも同じ空を持ち続けているのだろうか。

時間というものは、人間の思考形態まで変えていってしまう。それはわかっているのだ。彼らから見たら、僕のほうが異常なのかもしれない。しかし、今の彼らは、何かに感動して大粒の涙を流したりしないのではないだろうか。映画を見て人生を変えるなんて考えもしないかもしれない。きっと、音楽を聴いて鳥肌立てて泣いてしまうような奴はいないにちがいない。

僕はごく最近でも、学校時代の夢を見ることがある。そこにいるのは昔のままの仲間たちであり、昔のままの自分だ。ただ、その自分というのは、同時に今の自分でもある。なぜ、そんな昔の夢をいまだに見るのか。学校時代は制約の多い時代である。規則や拘束からくるフラストレーションがあったからこそ、自由な時間の楽しさが、より鮮明に記憶されているのかもしれない。

その夢のときはいつでも僕は小学生である。午前中だろうか。よく晴れ上がった日。教師の声が妙に響きわたり、シンとした教室に、明るい日差しが差し込んでいる。数学の時間のようだが、興味のない僕は澄みわたった青空をボーッと眺めながら、大きなあくびをする。……………。突然、ドーンという音とともに、地面が揺さぶられる。びっくりして外を見ると、そこにはなんと大魔神が。少年時代の僕にとって、この大魔神は神の象徴とも言えた。何か心にやましいことがあったりして、「大魔神は、僕をお仕置きに来たのだ」と思い込み、「どうか僕を見つけませんように」と祈るのだが、必ず彼はギロッとした視線を僕に向ける。そして、窓ガラスを破って大きな手が僕をとらえようと入ってくる。たまらなくなり「ギャーッ」と悲鳴をあげるところで目覚める。というのがこの夢のストーリーなのである。

思いのほか空いている道路を、ひとりハンドルを握り、スタジオへと向かう。「ああ、こんな日は釣りにでも行ったら最高だろうな」と誰に言うこともなくつぶやいてみた。高速道路の高架線と林立するビルの合間に見える青空に、ほんの一瞬、大魔神が顔をのぞかせた。

ビートで行こう!


曲が中盤にさしかかり、サックスのソロになった。僕と慶一はマイクから離れて、後方に下がる。慶一が寄ってきて、そっと耳うちした。

「ユキヒロ、けっこうキてない?」

それまで何ということもなく演奏を続けていた僕ではあったが、その一言が引き金となり、いきなり気分が悪くなってきたような感じがする。

『ビート・ジェネレーション87』と題されたこのコンサート・ツアーは、僕と鈴木慶一の不定期ユニットであるザ・ビートニクスの初めてのライブで、東京以西の四大都市の、それもライブハウス規模の比較的小さな小屋(会場)を主体とする、僕にとっては近頃にない、ちょっと珍しい企画のものであった。

東京・名古屋・福岡とまわり、今日は大阪の二日目。ツアー全体の最終日であり、偶然なことに僕の三十ン歳の誕生日とも重なっていた。とは言っても、とりたてて何をするという予定があるわけでもなく、まわりのメンバー・スタッフも、特に気づかいを見せるでもない。ただ、何とか無事にツアーを終えたいという方向に意識が集中しているようだ。

〝何とか無事に〟

この気持ちは僕も同様だ。というのも、今回のこのツアーには、僕には初めてのことや、昔経験した覚えはあるが今ではすっかり忘れてしまったというようなことが、いくつもあったからだ。

聴衆とステージとの距離がほとんどないくらい小さな、かつてのヨーロッパあたりのカフェを想定した会場設定、ほとんどコンピュータやテープを用いない純生ライブ、初対面に等しいほどの若手を中心に選んだメンバー構成などなど、どれもみな、言ってみれば〝不安材料〟に他ならなかった。

しかし、不安材料という言い方をするならば、メインである僕と慶一それ自体が、そもそも不安の固まりのようなものなのだ。

このツアーに先がけておこなわれたアルバムのレコーディング中、慶一はひどい神経症に悩まされていた。二〇歳のころ、やっぱり同じように神経症に苦しめられた僕は、彼の症状を聞きながら、はじめのうちこそ余裕でアドバイスなどしていたが、日を追うにつれて次第に〝昔〟に引き戻され、いつのまにか当時と似た状況がたびたび蘇《よみがえ》るようになってしまった。

神経症にかかると、ザ・バンドの名曲「STAGE FLIGHT（舞台恐怖症）」そのままに、ひどいときにはステージはおろか人前に出ることさえもできなくなってしまう。だから、ツアー前などにこの状態に陥りでもしようものなら、「本当にステージができるだろうか」という強迫観念が現れ、眠れない夜が繰り返されたりする。

そればかりか、その不安が増していくと、「途中で倒れてしまうかもしれない」という恐怖感に襲われることすら、あるのだ。

そして、この病気のさらにやっかいなことは、何でもない正常な状態の人から見ると、どんなに苦しいと叫ばれようとも、ちゃんとした（？）病気とは考えにくいということだ。僕たちがどう説明したところで、「また始まった」くらいにしかとってもらえない。こちらはもう、死んじゃったほうがラク、と考えるほどの極限状態にあるという場合でも、だ。

「ユキヒロ、キてない？」という慶一の言葉は、つまりステージに対する拒否反応が出始めたことを意味していた。だが、できれば僕は、この言葉を聞きたくなかった。ただでさえ面倒なこの病気のもうひとつの特性に、〝言葉〟の持つ魔力に弱いということがあるからだ。

もう少しくわしく説明すると、コミュニケーションをとっている相手の言動に、いちいち大きく左右されてしまうということで、ちょっと調子が悪いかな、というときに、真顔で「大丈夫？」などと聞かれると、事態はますます悪化してしまう。そんなときは逆に放っといてくれたほうが良いのだ。また、何でもないときに、「幸宏さん、最近神経症のほうは？」なんて質問を受けたりすると、「そういえば、どこかおかしいな」という気になってくる。

だから、慶一の何気ない一言は、忘れていた恐怖感を呼び起こすには、格好の誘因剤となってしまったのである。

〝マズイ。マズイぞー〟

僕はなんとか踏みとどまろうと、全身に力をこめた。が、すぐそれもやめた。こういうときは無理にそこから抜け出ようとすると、かえって逆効果になることを、僕は経験上知っていた。

ツアーを振り返れば、毎日がこんなふうで、ステージ上の僕たちは、まさに崖っぷちに立たされた心境にあった。が、そんな中にも〝楽しみのとき〟というのは、ある。

名古屋から大阪への移動日。ポンと一日まるまる自由になる日があることを知った僕たちは、急きょ「メンバー・スタッフ混合の野球大会をやろうよ！」ということになった。こういうことは決まると早い。すぐさまイベンターに手配し、グラウンドを押さえ、野球用具一式を用意してもらうと、僕らはスキップするような弾んだ足どりで、野球場へと向かった。

それにしても、僕たちのわがままにイヤな顔ひとつせず、またたく間に準備してくれたイベンターの皆さん、本業とは関係ないのにねー、ホントにスミマセンねー、まったく頭が下がります。

さて、頭を下げるのにはもうひとつの理由がある。せっかく用意していたバットもグローブも、実はフルに活用することができなかったのだ。驚くことに参加した者のほとんどが、使いこなすというだけの技量を持ち合わせていなかった。

要するにヘタなのだ。それもアタマにドがつくほどの。

慶一をはじめとする数人は、確かに慣れてるな、と思わせるだけの動きをしていた。ふだん何の運動もしていない僕でさえ、この中ではウマイ部類に入る。ところが残りのほとんどは、小学生並み、それも低学年の子供たちに匹敵するくらいの腕前で。びっくりしたのは僕らより若い世代のダメさかげんだ。まったく、あきれるほどにヘタなのである。

僕は自信を持ったね。

「最近の若い奴らは……」というフレーズは、最も嫌いなフレーズだが、それが思わず口をついて出そうになったくらいなのだから。

試合は慶一と僕がそれぞれキャプテンとなり、チームを作ってスタートした。が、投げれば打てない、打てても落とすの連続で、試合も何もあったもんじゃない。結局、僅《きん》差《さ》で慶一のチームの勝利となったが、勝敗云々《うんぬん》を抜きにしても、なさけなくも楽しいその展開に、僕はすっかり満足していた。

そして、まるで少年時代のように走りまわっている自分に、あらためて驚きを覚えていた。僕ってこんなに元気だったのか、と。けれども、その自信を簡単にぶち壊したのが、試合後におこなわれたサッカーだった。元気の残っていた何人かで始まったこのゲームに、勇んで参加したまでは良かったが、ものの一分もしないうちに僕はグラウンドにうずくまってしまった。休み休みの野球とは、運動量がまるでちがっていたのだ。吐くかと思った。

「アンコール、アンコール………」

お客さんの大歓声と手拍子が、どよめきとなって楽屋に届く。やれやれ、何とか乗り切ったな。タオルで汗をぬぐいながら、僕はつかの間の安堵《あんど》感にひたっていた。メンバーの頬《ほお》はみな、上気して赤い。

「じゃ、行きますか！」

慶一の声に反応し、みんなの顔が一瞬引きしまり、次に明るい笑顔に変わった。

「よし、行こう！」

「行きましょう‼」

メンバーの中で紅一点であるショーコちゃんまでもが、まわりの男たちと一緒になってコブシを振り上げている。

次々にステージに飛び出していくメンバーたち。会場はまるでお祭り騒ぎで、異様な盛り上がりを見せている。慶一と僕があとに続く。大歓声はピークに達した。

「どうもありがとう‼」

ドラムのヤベ君が叩き出す力強いリズムに合わせて、原曲よりかなり早いテンポで、名曲「ミスター・タンブリン・マン」のイントロが始まった。かつて僕らに多大な影響を与えたこの曲を歌いながら、僕は心の奥がじんじんと、急速に熱くなっていくのを感じていた。

アンコールの二曲目は、ＹＭＯの「以心電信」。慶一のリードによるフォーク調のアレンジに、会場はたちまち大合唱の場と化した。往年のフォーク集会が頭によぎり、ちょっと気恥ずかしい気もしたが、それを上まわる高揚感に僕は巻き込まれていた。

本当のことを言えば、コンサートにおけるいたずらな高揚感というものが僕は大嫌いなのだが、このときはなぜかそれに抵抗する気持ちも失せていたのだった。

ところが、そんな僕の心の高まりをかき消すように、突然、慶一のボーカルが止んだ。バンドの演奏までが、それに呼応するかのように中断してしまう。何だ。何が起こったのだ。

僕はあせった。このあとの展開が、いっさい予想つかなかった。

慶一が、片手を上げて叫ぶ。

「今日は何の日だ⁉」

会場に集まっている僕以外の人々が、口をそろえていっせいに声を上げた。

「幸宏さんの誕生日〜‼」

〝なっ、何〜⁉　どうなってるんだ、いったい‼〟

目を点にしている僕の前に、まもなくケーキが用意される。わけもわからずうながされるままにローソクの火を吹き消すと、場内が一体となっての「ハッピー・バースデイ・トゥ・ユー」が始まった。

うれしいような、恥ずかしいような、言葉には表せられない不思議な感情が、僕の心を揺さぶる。

マイクの前に戻っても、僕の言えることはたったひとつだった。

「本当に、どうもありがとう………」

僕のコンサートの打ち上げは、野球の優勝チームがやるのと同じように、乾杯のあとに決まってお酒のかけ合いとなる。誰が決めたというわけではないのだが、いつのまにか習慣となってしまっている。

けれども今夜の僕は、そういう気分ではなかった。前日から少々風邪気味で微熱が続いていたこともあったが、何よりさっきのライブの感激を、静かにかみしめていたかったからだ。

「幸宏さん、今日はやめときますか？」

「うん。みんながやるのはかまわないけど、僕は抜けるから」

乾杯のあと、しばらくは静かに〝歓談〟していたスタッフのひとりが、ついに業を煮やしたか、僕に〝許可〟を求めに来たのである。慶一がそばに来て、「俺、ヤだかんね」と言った。僕は黙ってうなずいた。

口火を切ったのは、僕と慶一それぞれのマネージャーだった。またたく間に打ち上げ会場全体が酒羅場と化し、喚声が飛び交う。おろしたてのジャケットを気にしつつ、隅のほうへと避難した。しかし、かなり広めの場所であったにもかかわらず、飛び散る酒しぶきから逃れることは到底不可能な状況に、すでに会場は化していた。

そのしぶきが、僕の頬にかかる。もはや、「静かに……かみしめる」といった場合ではなかった。音を立てて席を立つと、会場の中央に進み、僕はどなった。

「ちょっと待ったァ‼」

瞬時に場内は静まり、みんなが僕を緊張の面持ちで注目する。

「このジャケットは、今日おろしたばかりです。だからこれは脱ぎます！　でもズボンは脱ぐわけにはいきません。上半身だけにしてください！　高橋、酒かけられまァす‼」

　はりつめた空気が解け、怒号のような歓声が上がる。何人ものスタッフが、手に手に酒を持ち、あっという間に僕の周囲をとりかこんだ。酒を用意できない者は、ジュース。中にはボールに水を満たしただけというのまである。

「せーのォ！」

　合図とともに、酒の洪水が僕を襲う。もう、ズボンも何もぐちゃぐちゃだ。息つくこともできないほどの勢いでかけられる大量の酒を浴びながら、僕は妙な爽快感に包まれていた。この数週間、ついぞ離れることのなかった不安感が、酒と一緒に洗い流されていく、そんな気がした。

「あ〜あ、ひどいよもう」

　全身濡れそぼった自分の身体を見つつ、僕は笑いながら言った。

　ふと見ると、会場の入口近くの壁のカゲから、何人もの男たちに引きずられて出てくる慶一の姿があった。僕と視線が合うと、観念したように力を抜き、つかつかと歩み寄ってきた。ちょっと怒ったような口調で、

「わかったよ！　酒かけられりゃいいんだろ、かけられりゃ‼」

と言うと、その場にドカッと座りこんだ。

　数秒後、僕の横には、まるで海から上がってきたばかりのような、ぐっしょり濡れた

慶一がいた。ツーンと鼻をつくこのニオイは、誰かが酒の代わりにかけた醬油《しょうゆ》のそれにちがいない。彼の目がキッと僕をにらみ、そしてニヤリと笑った。

クリスマス・イブ

そのころ、僕はユキちゃんと呼ばれていた。

小学校五年生のことだった。僕が家族のことについて一番に思い出すのは、そのクリスマス・イブのこと。

「お前は何を着てもよく似合う子だよ」と、いつも家族から言われていた（?）僕は、いわゆるノンポリのお坊っちゃんお嬢さんの家庭に育った、色白のちょっと可愛い少年だった。

アメリカ文化が直接入っていた時代だったから、家の造作においても和洋折衷、洋風の居間と和室の床の間が襖一枚で隣り合った家に住んでいて、テレビで放送されるアメリカ番組の『パパ大好き』を欠かさず見て、ボタンダウンのブルーのシャツにベージュのカーディガンを着たフレッド・マクマレーに、「アメリカのお父さんってこんなにカッコイイんだ」とビックリしていた。

今でこそ、百貨店のＣＭにまでニュー・ファミリーのそんなお父さんが平気で登場している時代だけれど、そのころの僕にはそんな時代がくることなど到底考えられないことで、家の中を靴ばきのまま歩く光景も、初めはウソだと思っていた。

そんな中にいて、どんどんアメリカナイズされていった長男などは、慶応高校時代にはホテルのホールを借りてダンス・パーティをしばしば開いたり、どうやら家には金のなる木があるとでも思っていたようだ。

そして、彼は大学に進み、ちょっとした失恋をした。で、そのとき彼はアメリカを旅行するのだけれど、行かせたのは母だった。当時、アメリカはまだ日本人が自由にビザを取れるようになって半年経つか経たないかのころだったから、少しマイナーな土地の新聞など、兄のことを「この街に来た最初の日本人」と載せたほどにめずらしいことだった。

「親の金で自由なことをやっちゃイカン!」

そんなノホホンとした兄たちを目の当たりにして、いつしか僕には反発心が芽生えていくのだけれど、そういう僕もまた実際、親の保護下で生活できていたわけで、まあ、そういう頭でっかちの子供だったわけだ。

これは、しかし、まだそんな反発心も芽生える前の、小学生のころの話。

「今日はウレシイな〜って、なんたって今日はイブ」

家では毎年のようにクリスマス・イブにパーティが開かれていて、両親の友人や兄や姉の友だちが何人かずつ招かれる。ただ僕だけは夜が遅くなるという理由から友だちを呼ぶことはできない。

パーティにはプレゼントの交換というのがあって、僕の家では必ずそのプレゼントを隣りの床の間に置いておくことになっていた。家族のものも友だちのものも、全部が一度はそこに飾られる。

母と二番目の兄と僕は、イブも迫ったある日曜日、アメ横へ出掛けた。当時、アメ横はおもちゃ類が安いという感覚があって、わざわざ自由が丘から出向いたわけだから、もちろん目的はプレゼント用のおもちゃにあった。

プレゼントには、人からもらって何が入っているかを開ける楽しみというものがあるけれど、いかんせん子供のことだ。最初から欲しいモノは決まっていた。

「コレコレ、僕、コレが欲しいよ」

いくらだったか忘れたけれど、子供にとってはかなり高価なマテル社のウインチェスター銃を指差して、僕は母の手を引っ張っていた。

銃の入ったケースはその日一番乗りで床の間に飾られた。

一日経ち、二日経ち、プレゼントの包みが積み重ねられていくのと比例して、早く銃で遊びたい気持ちも僕の中でふくらんでいった。

「ああ、これが明日は開けられるんだ」

そう思ったとき、とうとう僕の我慢は誘惑に負けていた。二三日の明け方、四時ごろだったろうか。窓の外は真っ暗だった。

「当日まで絶対に開けてはいけませんよ」

母の言葉には後ろめたさを感じながら、コッソリ僕は起き出した。もうそれ以上、パジャマ姿で目を閉じていることが苦しかったのだ。シンと静まりかえった物音一つしない階段を降り、居間を抜け、僕は手さぐりで床の間へたどりつき、自分のプレゼントを見つけた。そっとリボンをほどき、ていねいに包装紙をはがす。一二月の明け方前は底冷えする寒さで、手はかじかんでいた。

そのころ、子供たちの間ではテレビの『ライフル・マン』という番組が流行っていた。僕がウインチェスター銃を欲しがったのも、実はその真似をしたかったためで、ライフルをガチャーンと回すあのカッコ良さはたまらない。そっと箱から自分の銃を取り出して、僕はライフル・マンになったつもりでバキューンと真似をした。

アッ、と思った瞬間に、銃は僕の手をすべり落ちた。思ってもみなかったほどの大きな音が静かな空気をかき乱し、心臓が破れんばかりに波打つ。ライフルを回す芸当は子供にはむずかしいものなのだ。

その上、悪いことに、プラスチック製の銃身には強烈なヒビまで入ってい、一見してそれはわかるほど大きかった。

　あせりつつも僕は即、ライフルをしまい、キチンとリボンをかけて、元通りにしてから二階へと逃げ戻った。いや、実際にはキチンと元通りになっていたかどうかはわからない。子供のしたことだ。かなりずさんであったにちがいない。ベッドにもぐりこんでも、もう眠れないし、眠るといっても明け方近い。眠たいまま、憂うつな気分でその朝は登校した。

　翌日は終業式だった。成績表をもらって、明日からは楽しい冬休み。夜はパーティだ。本当はうれしくてしかたがないはずなのに、僕は憂うつだった。

「さあ、ユキちゃんから開けてみなさいな」

「ワーイ、ワーイ」

　子供心にも僕は演技をしていた。

　一番年下からプレゼントを開けることになって、僕は祈るしかなかった。なんとかバレずに切り抜けられますように……。今すぐこの場から立ち去りたい衝動を押さえつつ、重い気持ちで包装をほどいた僕が見たものは、まったくの新品の、別の銃だった。

「クリスマスにまでオレ、仕事してるんだぜ」

ここ数年はいつもスタジオの中でこんな台詞《せりふ》をつぶやいている僕。遠い日の母のやさしさを想いながら、ほんの少し自虐的に仕事に向かう。これがまた気持ち良かったりするから始末が悪いのだが。

寝不足の朝、運動不足の夜

さて、僕はどうしたものか。

こんな夜中に掃除機をひっぱり出すのもナンだ。洗濯物でも洗濯機に入れ、洗剤をふりかけスウィッチをひねるか。はたまた新しいシーツを取り出して、ベッド・メーキング、あるいはキッチンでさっき飲んだビールのグラスでも洗って、テーブルふいて……。うーむ、作業が細かいなぁ。めんどうくさい。

忙しさに追われる毎日の中で、ときおりこんな風にポンと時間があくと、ちょっと面くらって持てあましてしまう。それでいて、ちょっと楽しい時間なのかもしれない。はっきり言って、僕はこんな一人のひとときが嫌いじゃないんだ。

世の中の、ほんのかたすみの時間、出来事。

朝は朝で、目がさめるとまず時刻を確認し、当たり前に起き上がり、顔を洗い、歯をみがく。フラフラッとキッチンに向かうと、冷蔵庫からミルクやらスポーツ・ドリンクを取り出し、飲む。そうしていつものように、両親の写真の前の水を取り換え、「どうか……………ますように」と願いごとをひとつ。リビングのテレビのスウィッチを入れっぱなしにして、何を見るでもなくぼんやりと煙草を一服。それから再びバスルームへ行き、シャワーを浴び、考える。

「やれやれ、きょう一日どんなものかなぁ」

昨年末、山本耀司氏と一緒にコンサートを開いたのだが、そのタイトルをどうしようか、ということになったときに、耀司さんから、こんな発言があった。

「幸宏と僕だったら、〝寝不足の朝 運動不足の夜〟って感じじゃないの」

なるほど、その通りかもしれない。最近はめっきり体力が落ちてしまっているよーな気がして、まわりの人間に「僕ァ、元気がないゾー」とふれまわっているのだが、まともに考えてくれる人は少ない。

事務所のスタッフなどは、「そりゃ運動不足ですよ」と軽くいなしてしまう。マネージャーの佐藤などは、ひとごとだとばかりに、

「一日一万歩、歩くといいですよ」

だの、

「真夜中のジョギングなんか、どーすか」

といった勝手なことを平然と言う。

あのね、真夜中にジョギングする奴がいるかっていうの。いや、いるか。いるね。い

ても い一よね。…………。

ワタシだってわかっちゃいるのさ。スポーツのひとつでもやってみようかという気はあるのだ。だけど、周囲の話を聞くと、気軽にできるものとなると、テニスだとかゴルフだとかってことになるらしいんだな。

そりゃあ、嫌だ。

もっとも、そんな時間もないし、それなら太極拳《たいきよくけん》なんかどうだろうという説も出たが、何事も初めてやるっつうのはねぇ、恥ずかしくって……。と考えると、なぁんにもできなくなっちゃうのだ。この際、ジャズダンスだとかエアロビクスだとか、バーッとやっちゃおうかしらん。

おおっ、考えただけでも恥ずかしい。

それにしてもエアロビクスって、何であんな恥ずかしいんだろう。やってる人にとっては大きなお世話だろーけど。あのインストラクターのかけ声、たまらなく恥ずかしい。それも女性ならまだしも、男がやってる姿。恥ずかしいを通り越して、おぞましいくらいだ。それにあのファッション、僕にはダメだな。ま、これも大きなお世話だろーけど。

そういえば、最近のスポーツウェア、どうしてあんな風になってしまったのだろう。テニスにしろとかく派手だったらいーと思っているフシがある。もう少しシンプルな美しさというのもあると思うのだけど。そもそも、昔はすべてのスポーツ、そしてそのウエアにも、風合いというか肌合いというか、そんなようなものがあったような気がする。

中でも、もっともひどいのが、スキーウェア。文字通りのロボットだよね、あれじゃ。あー、五〇～六〇年代のトニー・ザイラーあたりのファッションが懐かしい。あのころのウェアはかわいかった。ファッショナブルだった。カッコ良かった。実は僕、スキーはけっこう、やるのだけれども、ゲレンデの赤白黄青のロボットたちとともに滑るのは、少々、気がひけるのである。

中学・高校時代、僕はなんと似合わないことに、サッカーをやっていた。今でもときどき、すごくやりたいという衝動にかられるのだが、体力の低下はもちろんのこと、今なら五分走っただけで、まちがいなく吐くだろう。その自信は、ある。

サッカーやりたい衝動にかられ、何年か前にチームを結成した。チーム名、ダイナマイト・キック・オブ・アルマルズ。うーん、すごい名だ。以前、某雑誌の取材で、インタビュアーが聞きまちがえ、誌面に堂々と「ダイナマイト・セックス・アニマル」と書かれたことがあるが、それもなかなかにスゴイものがある。

鈴木慶一や立花ハジメも所属している（ということになっている）このチームは、しかし、結成後一度も試合をしていない。練習も、ない。マネージャーまで募集したというのに。

だが僕は、このままで終わらせるつもりはない。試合をしたいという気持ちはあるのだ。が、となると、やっぱり体力が必要となるわけで、話は堂々巡りを繰り返すのだ。

いやはや、困ったものだ。

健全な身体には健全な精神が宿る、なんてことを言うが、今ならわかるな。僕の身体の状態を見ても、いい精神状態でいられるわけがない。とりあえず健康ですよ、健康。と、自分に言い聞かせるのである。

スタジオからほんの少しの間だけど開放されてたころの僕が、何を考えていたかと言えば、とにかく休みたい、ということだった。つくづく、そう思った。これは僕自身にとっては、とても素敵なことで、僕の今までの人生の中にはなかった発想なのだ。心の底から休みたいと思ったことがなかったのだ。仕事にたずさわっていないと不安、ということはあったけれど。

よーし、休むぞ。そう思った瞬間から、いろいろなアイデアが浮かんできた。温泉でしばらくのんびり、どこかの島で釣り三昧、それとも嫌いな飛行機を我慢して、オーストラリアあたりでも行ってみるか……。思い浮かぶのは、どれも大したものではなかったが、そうすることだけでも気分は少しは良いのだった。でも、旅行といってもなぁ、一人で行くのも淋しいし、かといって皆で一緒にワーッと行こうとか、誘い合ってって感じでもないし……。

そんなことを考えてるうちに、時間はどんどん過ぎていき、結局、夜、気の合った仲間たちと食事をしたり酒を飲んだりに終始してしまった、僕。さみしいじゃ、ありませんか。人間、休みというもの、休暇・ホリディといったものに対して、もっと積極的にならにゃイカンぜよ、と、しみじみ思ったのでありました。

今夜もちょっと、飲みすぎたかな。スタジオが終わって帰ってくるのがこれだけ遅いと、そこから飲むビールがキくわキくわ……。やっぱり掃除機ひっぱり出して、ザッとかければスッキリするかな。それとも洗濯か。あ、いや、もう一本ビール飲もうか。ううむ、決断力がにぶってるなぁ。

さて、僕はどうしたものか。

対話Ⅱ

――高橋さんってあざといものが、あまり好きではないでしょ。そう公言してましたよね。でも、ＹＭＯの例の人民服[*1]なんてのは、あざとさの極致みたいに思えるんですよね。
高橋　確かにあざといかもしれない。でも、そこがやっぱり売れた原因でしょうね。あれはＹＭＯの音の持つ明確なコンセプトがあって、それを表現するためのひとつの方法だったわけだし。

＊1　ＹＭＯが、一九七九年六月二五日、セカンド・アルバム『ソリッド・ステイト・サヴァイヴァー』のジャケットにおいて着ている赤色の人民服のこと。彼らはその後のワールド・ツアーにその出で立ちで出発し、各地の観客の度肝を抜いた。日本と中国の違いのつかぬ欧米人にとって、人民服とシンセサイザーというミスマッチングは、彼らをより混乱させ、「日本から来た〝黄色魔術楽団〟はすごい‼」と強烈な印象を残した。

——少なくとも、今のあなただったら、絶対やらないでしょ。

高橋　どうかなぁ、ミカ・バンドで和服になっちゃうくらいだからねぇ。やっぱりやっちゃうんじゃないかな。ただ、肝心なのはね、あれを僕らはウケ狙いでやったわけじゃないんだよね。気分的にはアウトサイダーだったの。たまたま時代と交錯しちゃっただけで。それはある種のナショナリズムみたいなものも大きく作用していただろうし、レコード会社の政治的な手法もうまかったんだろうし。

——あざとかったことが、売れたことにつながった、という意味で言えば、あの人民服がもし赤でなかったとしたら、ダメだったんでしょうね。

高橋　あれはね、古い日本のモードの本を見てたわけ。そしたら昔のスキー服があってね、あの形だったの。それをそのままスッポリいただいて、ウエストまわりをきちっと絞ってみたりしたんだよね。で、作ってみたら中国人に見えるわけ。それもプラスチックの中国人って感じで、これはいい、と。だからズボッとした人民服とはちがうの。デイーボ[*2]なんかに影響受けてたしね、グループ・サウンズ以降、ロックの世界で制服ってダサイとされてたでしょ、そこにまた制服で出てくるってのが新鮮で良かったんじゃないかな。

——テクノ・カット[*3]なんてのもありました。

高橋　ファッションだけを見ると、ＹＭＯってそんなにメチャクチャにナウいバンドではなかったと思うんです。それが時代に溶け込んだ要因だと思う。僕と同じ感覚があと二人いたらダメだったんじゃないかな。

――常にあなたが一歩先を進んでいると言いたいわけですか。

高橋　そういうことを言ってるんじゃない。君、ちょっと屈折してるよ。……たとえば僕とトノバン（加藤和彦）だったとするよね。そうすると、どんどんちがう方向に行っちゃってたかもしれないじゃない。スノッブな方向とかね。ＹＭＯってスノッブじゃなかったから、そこが良かったかもしれないと思うんです。

――いわゆる〝高橋幸宏像〟のようなもの、高橋さんの美意識みたいなところがですね、

＊2　アメリカのオハイオ州北西部の工業都市アクロンにおいて、一九七五年短編自主映画のサウンドトラックを制作するために結成されたバンド‼という、恐ろしい肩書きを持つ世界で最初のテクノ・ポップ・バンド。
＊3　もみ上げを切り落とし、襟足を刈り上げた状態のいわゆる、その昔のサラリーマン・カット。ロック・ミュージックの世界において、この髪型を最初にしたのがクラフトワークだったため、テクノ・カットと称された。あえて没個性化した髪型をすることによって、よりテクノ度を強めようとした。もみ上げの角度を斜め四五度にきれいに切ることがミソ。

どうしてもそのあざとさと結びつかない気がするし、と、同時に、こうお話をうかがっているると、あ、それもあざとさにつながるのかな、という気もしてきますね。

高橋　何が言いたいの？

——いや、だから高橋さんというと、好きな花はカラーでね。ジャン・コクトー*4が好きで藤田嗣治《つぐはる》*5が好きで、となるわけで。こう並んでくると、「さすが幸宏さん」という一方で、あざといよな、って感じも出てくるわけですよ。

高橋　だけど、それは本当に好きなんだから仕方ないじゃない。

——もちろんそうですよね。じゃあ、質問を変えましょう。その〝好き〟のポイントはどこにありますか？　どんなところがいいんですか？　たとえばコクトーなんかについては。

高橋　そう聞かれると困っちゃうというのは、正直言ってあるんだよね。マニアックな研究家のように、いろいろと分析したうえで好きなんだってわけじゃないからね。ほとんど直観的なものでね、センスと言ってもいい範囲のことで。こういう言い方すると、またツッこまれそうだけど、何々がどういう手法をとってて、どうしたこうしたはどーでもいいの。僕の心の琴線に触れるっていうのかな。

——……。

高橋　あ、そうそう、僕が彼に一番魅力を感じるのはね、作品そのものよりもその生き方だな。別にゲイになりたいってわけじゃないけど。まず、ルックスがカッコイイでしょ。自分の演出の仕方もカッコイイし、あの自意識過剰な感じもいい。基本的に嫌いじゃないんだよね、自意識過剰なタイプって。ただ、その表現方法がダサイと、一変して

＊4　一九一〇年代から三〇年代にかけて、フランスにおいて活躍した前衛詩人（小説家、劇作家、演出家、画家ｅｔｃ）。サティ、ピカソ、ストラヴィンスキーらと交遊を持ち、第一次大戦後、モダニズム芸術運動の旗手として絵画、音楽、バレエ、戯曲などの総合芸術に積極的に参加。第二次大戦後は『詩人の血』『美女と野獣』『オルフェ』などの映画制作にも手をのばし、注目を集めた。その独特な美意識は当時のスノッブたちに広く愛され、現在でも人気は衰えず。

＊5　レオナール・フジタの名で親しまれた洋画家。一九一三年、フランスに渡り、エコール・ド・パリの一員として世界的に名が知られる。ルソーを師とあおぎ、日本的なエキゾシズムとパリ独特のモダニズムの融合に成功。代表作は「私の部屋、目覚まし時計のある静物」「五人の裸婦」「カフェ」「猫のいる静物」など。ヒゲに丸メガネ、パリ・モードに身をつつんだハイカラな日本人画家としてフランス国内のみならず、世界各地で人気を集める。今思うと、そのハイカラ・センスはユキヒロ的とも言える‼

大嫌いになっちゃったりするんだけどね。スピルバーグ[*6]なんかも、自意識すごい過剰って感じするでしょ。嫌いになりそうなときもあるけど、でも好きなものは好きなんだな。

——スピルバーグですか。話がずいぶんミーハーなところに来ましたね、いきなり。

高橋　ミーハーなとこ、あるんだよね、どこか身体の中に。それが僕のあざとさにつながるものなのかな。ただのアウトサイダーでもイヤなんだ。大衆にいつも見られてる、メジャーなフィールドの中でのアウトサイダー。矛盾してるけど、そういうのがいいんです。ただのひねくれもんじゃ馬鹿だしね、そういう風に演出するのもイヤなの。何から何まで人の反対を言えばいいってもんじゃない。あれはいいよなってものがあってもいい気がする。

——では、そういう点も含めて考えたときに、あなたの推奨するアーティストっていうのは？

高橋　基本的にダダ[*7]とかシュール[*8]が出てきた以降のものかな。あんまりグラマラスなアートは好きじゃない。どこかやっぱり幾何学的なもの。構成主義[*9]のあたりとかがいいんですよね。コクトーに魅かれるのと同じように、藤田にしても絵自体はそれほどでもなくて、じゃあどこがいいかっていうと、名前だったりするんだな。嗣治って名前、カッコイイよね。……ダリ[*10]もいいよなぁ。やっぱりイメージから来るんだね。ダリって文句なくカッコイイじゃない。ピカソ[*11]もカッコイイしなぁ。マレヴィッチ[*12]なんてのも……。

――その辺の人たちって、芸術の本道にありながらも、どこかコマーシャルなイメージありますよね。

＊6 ユニバーサル専属テレビ監督時代に作ったテレビ映画『激突!』(一九七二)で注目を浴び、『ジョーズ』(七五)、『未知との遭遇』(七七)ですでに頂点を極めてしまった、泣く子も黙る天才映画監督。その後も『レイダース』(八一)、『E・T』(八二)、『インディ・ジョーンズ/魔宮の伝説』(八四)と次々にヒットを飛ばした。
＊7 第一次大戦中、ヨーロッパとアメリカの各地で起こった反芸術運動。
＊8 正確にはシュールレアリスムのこと。一九二四年に詩人のアンドレ・ブルトンによって宣言された文学・美術運動のこと。人間の意識下にある不合理な領域や夢の世界に触れて、日常的な現実を超え、精神の自由を実現しようとした。
＊9 革命以前の一九一〇年代から二〇年代にかけて、モスクワにおいて展開された抽象芸術運動のこと。工業製品(ボルト、ペンチ、ハンマーなど)を素材として、力強い空間構成が独特だった。伝統的な絵画、彫刻を否定し、立体、建築、デザイン、舞台美術などに発展した。この運動は欧米の抽象芸術運動にも広がり、バウハウスなどにも強い影響を与えた。ちなみに、かつてYMOの『テクノデリック』のジャケットワークのモチーフとして構成主義が用いられた。

高橋　あざといって言うんでしょ。あざといんだよ、僕の趣味って。あんまりシックじゃないんだよね。

――そんな、自分を責めるように言っちゃあ、いけませんよ。

高橋　責められてるから、そう答えてんの（笑）。でも、ホントにカッコイイと思うな。

――話はちょっと飛んじゃうんですが、高橋さんととても親しい関係にある山本耀司[*13]さん、あの人もアウトサイダー的なニオイありますよね。

高橋　アヴァンギャルドですからね。でも、そのテンションというかパワーのようなものを維持するために、実はひっちゃきになってるんじゃないかと思うんだ。僕らの前では決して見せないけどね、そんなところは。しかも会社は大企業だし。

――音楽とモードの世界を一緒にして言うのは無理があるかもしれませんが、アヴァンギャルドな要素を推《お》し進めていっても、メジャーっていうのはありえると思いますか？

高橋　もちろん。

――それを維持することもできるということですよね。

高橋　うん。

――あなた自身が、その線を行くってことは？

高橋　耀司さんについて言うとね、確かに耀司さん自身はアヴァンギャルドだしアウトサイダーだけど、その服には基本に〝シック〟があると思うんです。自分のカラーをは

＊10　本名はサルヴァドール・フェリペ・ハシント・ダリ・イ・ドメネク。一九〇四年、スペインのカタロニア地方に生まれる。二〇年代からフロイトの精神分析に熱中、シュールレアリスティックなだまし絵的幻想画を多く描きはじめる。詩人のロルカ、映画監督のブニュエル、絵画のピカソ等と交遊を持ち、自らの創作方法を〝偏執狂的、批判的活動〟と称した。八九年、突然の死去。

＊11　一九〇〇年代から、七三年四月八日の死にいたるまで精力的に創作活動をし続けた、スペインが生んだ天才画家‼　青の時代からバラ色の時代、古典主義の時代から表現主義、シュールレアリスムの時代までとその表現方法を変幻自在に変えた。代表作は「ゲルニカ」「母と子」「玉のり」「アルルの女」他多数。版画、陶芸、彫刻の分野にも手をのばし、すべての名声を得た。

＊12　シュールレアリスム以降の動きとして注目を浴びたオプティカル（視覚的）・ペインティングの先駆者。サイコロならサイコロの一つの単位を反復することで効果を出す手法（その単位を結びつけるリズムこそが命）が特徴的だった。ある意味において、まさにテクノ‼と言えよう。

＊13　服飾デザイナー。一九七二年、Y's（ワイズ）設立以来、ダークな色を基調としたスノッブな服で世界的に安定した人気を得ている。

っきり決めていて、強い主張がある。そのオリジナリティはスゴイよね。でも、あからさまにアヴァンギャルドな服ってわけじゃないでしょ。そこがポイントじゃないかな。

――強いオリジナリティも、マスターベーション的なものではなく、我々にもわかりやすいオリジナリティですしね。それって、ある意味であざといってことでもあったりするのかな。

高橋　それはどうだかわからないけど、耀司さんの場合はすでにマスと交錯しているっていうよりも、大衆を引っぱってるよね。

――あざとさにこだわりますけども、そのあざとさをですね、音楽の面で出していくってことはされないんですか？

高橋　ＹＭＯの『ソリッド・ステイト・サヴァイヴァー』*14のころは、あったけどね。

――でも、あれはバンドだったし……。

高橋　バンドだとできるんですよね。ソロだとなかなかできない。僕がユーロ・ビートやっちゃったらどうかな、なんて思ったりもするけど。けっこう衝撃だったりしないかな（笑）。

――あざとさって、一般の我々聴く側の人間にとっては、その音を理解するためのガイドと言ったらいいのかな、わかりやすさみたいな部分で重要と言えるんじゃないかって気もするんですよね。

高橋　重要だよね、本当は。だからこそ、なんだけど、そういう「あざといのが嫌い」というポーズも大切なの。自分の美意識で、そう言っていたい。本当にあざといのが嫌いだったら、スピルバーグが好きだなんて言わないだろうし。でも、そう言い続けることが僕の美意識だし、アイデンティティなんだと思うんですよね。

＊14　一九七九年九月二五日に発売されたＹＭＯのセカンド・アルバム。ある意味において、テクノの金字塔はコレだ!!と言い切ってしまってもいい名盤。

父、ありき

小津安二郎監督、昭和一二年製作の松竹作品『父ありき』をテレビで観た。ビデオ化されてはいるものの、映画館にかかることは現在ではめったになく、その内容からして〝テレビ向き〟ではない、というイメージがあったから、ほんの少し驚き、また喜んで、「テレビもたまにはいいことやる」などとつぶやきながら、ビール片手にテレビの前に座った。

なるほどその内容は、思ったとおり地味であった。しかもフィルムの状態がひどく悪く、終始大雨が降りっぱなし。音声は聞き取りにくく、注意をこらして聞かないと、セリフも何と言っているのかわからないところもある。

けれどもその内容は、そんな悪条件を大きく超えて、僕を感動させるに充分なものだった。笠智衆演ずる〝父〟は、早くに妻を失い、一人息子を男手一つで育てあげていく。父と息子の触れ合い、息子から父への慕情といったものが、小津監督おなじみのロー・アングルで、実に静かに、淡々と描かれており、特に大きな事件も衝突もないのだが、それだけにリアルな印象を見る側に与えるのである。

父と息子。その関係は、ある種特別なものがあるように思う。それはたぶん、母と娘の関係とも別の、男にとって永遠不滅のテーマと言っていいだろう。主役の笠さんと息子に、いつしか自分を重ね合わせていた僕は、ふと昔の自分と父親を思い出していた。


幼いころの僕は、母親っ子だった。

一〇歳ちがいと六歳ちがいの兄、その間に姉が一人ずつ、五人兄弟の末っ子として僕はずいぶんかわいがられて育ったようだ。やさしさの中心には、いつも母がいた。

しかし、父親は、幼い僕にとってあまりにも大きな存在でありすぎた。小さいながらも商事会社を経営しており、尊敬すべき偉い人だと思って育った。いや、実際に尊敬もしていた。そして、少し淋しい人だなとも思っていた。

忙しい人だったから、たまにしか話ができなかったけれど、そのことがかえって僕を緊張させるのだった。つまらない日常会話一つにも、ドキドキした。

きれいに刈りあげた髪はオールバックで、夏は麻のスーツにパナマ帽。今、手にする写真の父は、相当なダンディである。僕が一七歳でプロのミュージシャンの第一歩を踏み出したころ、父は母にたびたび言っていたという。

「幸宏のあの髪、寝ている間に切ってこい」

当時流行していたロングヘアーをうとましく思っていた父は、御多分にもれず肩ぐらいまで髪を伸ばしていた息子に、しかし直接ではなく、母を通して文句を言っていたわけだ。そしてその母のおかげで、僕の髪は救われていた。

二〇歳になってまもなく、母が亡くなった。ひ弱だった僕にとって、このときのショックは計り知れず、大きく、救いがたいものだった。ほどなくして、極度の不安神経症が僕を襲った。すでにサディスティック・ミカ・バンドに在籍していた僕だったが、具体的な症状もなしに倒れ、コンサートをキャンセルしたこともあり、一時は本気で脱退を考えたりもした。

そんな状況の中で、僕はしばらくのあいだ父と二人で暮らすことになった。兄姉は独立、あるいは嫁いでおり、残っていたのは僕ひとりだったのだ。

父との二人暮らしが始まり、一年を過ぎたころから、僕の幼いころからの父親像が次第に崩壊していくのを感じていた。つねに尊敬の対象であった父は、自分と同じ〝ただの人〟であり、〝ただの男〟なのだということに気づかされるようになったのだ。

振り返ればそれは、僕という息子が、一人の男として歩み始めたことの裏返しでもあったのだが、当時はただただ愕然《がくぜん》とするばかりだった。

あれほど偉大だった人の面倒をみているという事実。

ところが、父親が身近になればなるほど、〝遠ざけたい〟〝離れたい〟という気持ちが強くなっていった。そのことに対する自己嫌悪の度合いと比例して、それは日に日に増していくのだった。

晩年の父は再婚しており本当におだやかで、まるで仏様のようであった。しかし、僕にはただただ重い存在感ばかりが残り、のしかかってくるのだ。

『父ありき』のラストは、笠智衆が、すでに立派に成長した息子にみとられながら、静かに息をひきとり、幕を閉じる。このときの笠さんは、僕と同年代。今とほとんど変わりのない老け役に驚きつつ、

「チクショー、きたないよナ、こんな映画作って」

と、こみあげるものを必死でこらえる僕。

七年前、父が他界したとき、しかし僕は泣けなかった。母のときには声をあげて泣けたのに、このときはさまざまな感情が頭の中を埋め尽くし、泣けなかった。けれどもあとになって、隠れて泣いた。よけいに悲しかった。

もっともっと僕にもしてあげられることがあったはずだ。具体的にしてあげるべきだったことを一つ一つ思い浮かべて、一つ一つを後悔した。後悔しても手遅れとはわかっていたけれど。

つい最近のこと、ちょっとした用事で実家に義母を訪ねた際、父の遺品を整理する機

会があった。すると、今まで気づかなかったいくつものダンボールが出てきた。それは未整理のままの映画に関する膨大な資料類だった。年代物のオリジナル・ポスター、チラシ、そしてまた印刷段階まで進んでいない準備段階のスクリプト。そんな中にまぎれて、小津安二郎のものと思われる手書きのオリジナル脚本まで発見した。すべては、父のコレクションだった。昔、早稲田の映研に属していたという父が、熱心に撮影所に通い、頼み込んでもらったのだろう。

なるほど、書斎で『映画評論』や『キネマ旬報』といった映画雑誌を見かけることはあったが、これほどまでにのめり込んでいたとは、ついぞ父の口から聞くことはなかったし、想像もできないことだった。

このことがあって以来、僕の小津への思い入れはますます巨大になっていった。

父は僕がこういう仕事、どちらかと言えば映画にも遠くはないと思われる仕事をやっているにもかかわらず、一言も映画の話をしたことはなかった。音楽にも関心を持っていたとは思えない。ただ一度だけこんなことを言われたことがある。僕がYMOを始めて間もないころだった。

「ユキヒロ、おまえ、印税一億円も入るんだってな」

熱川の怪

車が早川口にさしかかり、いたずらにケバケバしいだけのホテルのネオンが見えかかってきたところで、僕はポケットからハイライトを取り出し、火をつけた。

「けっこう、早かったね」

「ガラガラでしたからね」

慎重にハンドルを切りながら、I君が応える。小田原厚木道から国道135号線に出るこの早川の出口は、道がふた手に分かれた途端、カーブをともなった急な下り坂となる。スピードを落としそこなった車やバイクが、よく事故るんだよネ、と誰かが言っていたことを思い出す。

ずいぶん、しばらくぶりのように思えた。自他ともに認める大の釣り好きで、自ら東京鶴亀磯釣会を主催する僕ではあるが、ここ数カ月はお決まりのスタジオ・ワークが続いていたから、釣りと言えばレコーディングの合間に入る取材ぐらいのものだった。

近頃は、僕の釣り好きも広く知られるところとなり、それとは関係のない取材のときでも、必ずと言っていいほど釣りの話題が出る。ときには、マニアックな釣り専門誌からの取材依頼もあったりして、僕にとってこれは音楽誌に載る以上にうれしいことだったりするのだが、釣りに行くこともできずに釣りの取材というのも、なんともむなしいものだ。

ほんの数時間前まで一緒にスタジオに入っていたミキサーのI君と、そのガールフレンドが同行の今夜の釣行《ちょうこう》は、いつものことではあるのだが、スケジュールの合間をぬった俺たちゃ寝ないでガンバルモンネ的強行完徹軍なのであった。夜一一時過ぎぐらいにスタジオを出、いったん帰宅し準備を整えると、午前一時の声とともに出発。五時少し前の出船に間に合うように車を飛ばし、磯に渡って、昼過ぎまでひねもす釣り糸を垂らすと、帰路は睡魔との戦いになる、というのがいつものことだった。

ひねもす、などというと、のんびりしたイメージが浮かばれるが、僕たちのやっている磯釣りは、四方を海にかこまれたタタミ数畳ほどの広さでおこなわれるから、少しも気の抜けるところがない。ちょっと波が荒くなっただけでも危険は極まりないのだ。しかし、その危険をおしてでも、やりたいと思わせる磯釣りの魅力は、やはり実際に経験してみないとわかってもらえないことだろう。よく、天候を無視して磯に渡り、ヘリコプターに救助される釣り人、というのがニュースになったりすることがあるが、その釣り人の気持ち、僕はわかるな。かくいう僕も、タオルを竿に結び、磯で白旗振ったことがあるくらいなのだから。

隣りでハンドルを握るI君も、そんな魅力にとりつかれた一人だ。僕のアルバムを数多く手がけている彼は、若手ミキサー界の中でも屈指の存在だが、その分だけスタジオにこもっている時間も長く、少しは外に出たほうがいいよ、と僕が誘ったのがきっかけで、釣りキチ仲間に加わったという経緯がある。今では僕を上回る腕前なんてことは、口がさけても言えないが、そののめりこみ方においては僕も頭が下がるくらいだ。磯釣りのイメージにはまるで似つかわしくないガールフレンドまで巻き込み、同行させている点でも、それはわかる。

道が大きく弧を描き、ゆっくり左にカーブすると、まもなく熱川の温泉街下である。

「稲取《いなとり》に着いたら、そばでも食おうか」

「いいスね」

二四時間営業のそのそば屋は、とりたててどうということのない店だが、三時間あまりのドライブのひと区切りとしては最適で、僕たちはよくそこを利用していたのだった。

街灯もなく、真っ暗な海沿いの道を車は進む。めったにはないことなのだが、たった一人でこの道を走ることがあると、心細さにどうしようもなくなることがある。そんなときには、ときおり通りすぎる対向車のヘッドライトだけが〝人〟の気配を感じさせる唯一のよりどころとなるものだが、この夜はその対向車の数もあまり多くないように感じられた。それでも、数時間後に控えた釣りへの期待と、二人の同行者のこともあって、心細さを生む何の要素も僕にはなかった。はずだった。

「あれ？」

I君が小さくつぶやくように発したその声に、思わず前を見ると、暗がりから白い物が出てくるのが見えた。

「人がいるよ」

「ええ、わかってます」

数十メートル先に現れた人間を避けるように、車はセンターラインに寄る。と、そのときである。その得体の知れない人物は、まるでおいでおいでをするようなしぐさとともに、車に向かって突進してきた。

「あぶない！」

完全に対向車線に入り、急ハンドルでよける車。悲鳴をあげて窓のほうに目をやる僕が見たものは、ピンクのネグリジェのようなものを身にまとい、おしろいを塗りたくった真っ白な顔でオカッパ頭の老婆であった。〝彼女〟は、助手席側の窓に顔をつけんばかりに接近してきたのである。

「い、今の何？」

波打つ心臓の鼓動を押さえつつ、僕は聞いた。

「あ、あれ、幽霊ですよ」

多少、表情はこわばってはいるものの、なんてことはないといった口ぶりで、I君は言った。

「でも、はっきり見えたよ……」

「幽霊ですね。バックミラーにも、もう何も映ってませんし」

彼の言葉は、そのときの僕にとって、あまりにも冷たいものだった。

「足も……あったよね。そうか、幽霊か……」

「ええ、僕が見るときは、いつもああいう感じです」

I君は、仲間内でも霊感が強いことで知られている。確かに、こんな時間にあんな場所で、しかも老婆（のように僕には見えた）だ、信じないわけにはいかなかった。すると、それまで押し黙っていたI君のガールフレンドがポツリと言った。

「私、男に見えたけど」

おいおい、オカマかよ。だけどあの顔は相当な歳だぜ。それとも何かい、オカマの幽霊かい？

今日はもう、釣りなんかにならないネ、と、さっき約束したそば屋のカウンターに座ったのは、それから数十分もたったころだったろうか。僕の心臓は、まだドキドキと大きな音をたてていた。

「まいったねー、しかし」

なんとか気をしずめようと、熱いお茶をすする僕に向かって、I君はとんでもないことをいう。

「もし、あれが浮遊霊のようなものだったとしたら、見た人についてくる、なんてこともあるんですよね」

「え～⁉ 冗談やめてよォ。ついてこられたりしたら、もう……」

と言ったところで、背後の入口のトビラがガラリと開き、誰かが入ってきた。

〝ヒ、ヒエ～ッ‼〟

ふりむいた僕たちは、声にならない叫び声をあげた。そこに立っていたのは、さっき見た〝幽霊〟、その人だったのである。

「もう、全然車がつかまんなくってさァ、こんな遅くなっちゃった」

顔見知りらしいそば屋の店員と親しげに話をするその〝幽霊〟は、厚化粧で、オカッパの髪で、歳には似合わないド派手なピンクのワンピースを身につけた、まぎれもない人間であった。なんと彼女は、熱川への通いホステスで、仕事を終えるとヒッチハイクで車を拾い、稲取まで帰ってくるらしかった。それにしても、あんな状況で彼女を車に乗せるドライバーとはどんな神経をしているのか。

しかし、この話はこれで終わりではない。実はもっとおそろしい事実が隠されていたのである。

その〝事件〟から数年後、伊豆高原で仲間数人と休暇を楽しんでいたときのことだ。近所の寿司屋で食事をしながら馬鹿な話に花を咲かせていたところで、そういえば、と、僕がこの話を切り出した。カウンターの中のマスターは無愛想で、注文にこたえる以外は何も言わず、ただ黙って作業を続けていたのだが、話がそば屋のくだりにいたる段になって、寿司を握る手をぴたりと止め、初めて口を開き、そして、言った。

「お客さん、それね、女じゃないですよ」

「え?」

「それね、オカマです、オカマ。このへんじゃ有名よ」

I君のガールフレンドの説は、正しかったのである。

一九八八年・夏

僕が自分のソロ・アルバム用の曲作りにとりかかったのは、ゴールデンウィークを過ぎてしばらくした、初夏のある日のことだった。純粋なソロ・アルバムとしては約二年ぶりになる今度のレコーディングは、実に四カ月の期間を経てつい最近終了したが、その間中ずっと雨は降り続いていた。数少ない例外を除いては。

雨は人を憂鬱にする。まれに「雨が好き」なんて女性がいたりすることもあるけれど、太陽に逢えるあてのない〝雨〟を好む人がどれだけいるだろうか。

レコーディングに入って一カ月もしたころ、身体に変調が起き始めた。それまで続いていた〝なんとなく憂鬱〟な状態が、ある種の煮詰まりとなって僕を責めるようになったのだ。眠れない日々が続き、自律神経をひどく刺激した。食事もとれず、ひどいときにはスタジオをキャンセルすることもあった。すべてをそのせいにする気はないが、雨の創り出す憂鬱というものが、僕を暗闇に引きずり込む一因となったことはまちがいなかった。湿気が身体のまわりを包み、不快な状態が続く。

夜。真夜中に、冷蔵庫の把手《とって》に手をかけ、数缶のビールを出し、懐に抱えて足でドアを閉める。リビングに向かい、テレビのスイッチを入れる。キリリとした刺激をノドに受けながら、ボーッとテレビを眺めれば、そこに映っているのはいつもと変わらぬくだらない〝夏〟のイメージ。

「夏のリゾート大特集」

「今がチャンス！　出会いの夏……」

そう、外の世界にとっては、冷夏だろうが何だろうが、関係ないこと。いつもと変わらない〝夏のイメージ〟が、マス・プロ的に供給され、消費されていくだけなのだ。まるで祭りのような陽気さで。

原発問題はおしゃれなファッション・アイテムの一つとなり、反対を唱える作家はロック・ミュージシャンと同様の歓声を浴びる。一人一人は無軌道に見えていても、集団になるとまったく一つのカラーとなって溶け込んでしまう若者たちと、それを横目で見ながらカラオケに興じる大人たち。

自衛隊の潜水艦が釣り船と衝突したかと思えば、飛行機事故が相次ぎ、伊豆地方では群発地震、果てはＵＦＯ騒ぎまで、祭りを盛り上げる役者たちはすべてそろった感のある今年の夏。僕の唯一の楽しみであるプロ野球も、名古屋の某球団のおかげで、すっかりつまらないものになってしまった。

そして、夏は終わった。

ケイオス・パニック。ＹＭＯにも同名の曲があったが、これはもう「無茶苦茶でござりますがな」という状態。ちなみにケイオスという言葉を日本語に置き換えれば、混沌、あるいは無秩序状態となる。まさに、混沌に始まり混沌に終わった今年の夏。あとはみんなお祭り騒ぎをするしかないというのだろうか。

しかし、このケイオス（chaos）の原義をさらにさかのぼっていくと、もともとはギリシャ語のχαος に由来し、巨大な奈落、あるいは宇宙の原初の状態を表したという。後者になぞらえて言うとするならば、この混沌の季節は次の新たな時代の始まりを象徴しているとは言えないだろうか。そう考えたからといって、僕の煮詰まりが完全に解消されるわけではなかったが、それでも開き直って馬鹿騒ぎという愚挙に至ることを留まらせるには充分だった。そして、これは話がこじつけめいていてちょっとイヤなのだけれど、僕の新しいアルバムはその新しい時代の出発点にできあがったのかもしれないと考えると、少し気が楽になるのだった。たぶんそれらは、今の僕自身そのものであるはずだから。

細野さんがひょっこりスタジオに顔を出してくれたのは、レコーディングも後半に入ったある日のことだった。細野さんには今回のアルバムにベースで参加してもらったほか、曲も提供してもらったりしたのだが、この日の来訪はまったくの突然だったので、少しばかり僕を驚かせた。が、それが不快なものであるはずもなく、いつにも増して僕は饒舌《じょうぜつ》になった。レコーディングが終わり、（お酒は）飲まない細野さんを誘ってカフェに行った。そこで細野さんからこんな言葉を提示された。

te' rra in-cogni-ta

テラ・インコグニータ。

ラテン語で〝未知の領域〟を意味するという。彼は僕の〝混沌からの脱却願望〟に対して、前向きな意味でこの言葉を与えてくれたのだ、と僕は解釈した。

やがて、やっと来るであろう明日も、未知の領域であることに変わりはない。TOMORROW' S JUST ANOTHER DAY。明日のことは誰にもわからないのだ。しかし、僕たちはそこに足を踏み入れないわけにはいかない。何もしなくても明日はやって来る。すべてが予想外の明日。その明日に立ち向かうには、どうしたら良いのだろう。僕にはその答えがわからない。ただ、今までに作り上げてきた自分自身というものを信じ、ありのままを出していくことが、唯一の、そして大きな武器になるような気がする。

憂鬱の夏は、僕の頭の中に多くの情報を詰め込もうとした。いくつかの重要な問題を除いて、そのほとんどが僕にとって何ら意味のないものであり、雑音でしかなかったが、それは許容量ギリギリのところまで、めいっぱいに僕を苦しめるのだった。逃げたかった。でも、逃げなかった。いや、逃げられなかったと言ったほうが正しいだろう。そして、そのことが皮肉にも僕に一つの解答を導く結果となったのである。

それは、自分に戻るということ。悪魔が触手を広げて襲いかかってくるように、僕の全身にからみつくくだらない情報から逃れるには、自分自身に視線の方向を定めるしかないのではないか。このことは〝未知の領域〟を意識した瞬間から、一つの確信めいたものになっていった。


レコーディングが終了した翌日、強い風雨をともなった台風が東京を襲った。風が窓を叩く音で目を覚ました僕は、洗面所で顔を洗い、鏡に自分を映してみた。

睡眠不足ぎみの朝の顔に辟易《へきえき》しながらも、何かがゆっくりと蘇ってくるような感じを持った。僕はパジャマの襟《えり》を直し、逝《い》ってしまった夏に最敬礼した。そうして、来たるべき混沌と希望の秋に、小さく会釈《えしやく》してみせた。

浮雲

車が家の前に止まり、ブウンとひと吹きエンジンの音を響かせると、続いてプップーとクラクションが鳴る。

お決まりの、朝のお出迎えだった。車の主は、小原礼。同じ大学に通う学友であり、バンド仲間でもある彼は、なぜか毎朝規則正しく迎えに来てくれ、学校まで送ってくれるのである。

もっとも、それで必ず学校に行くかといえば、そういうわけでもなく、途中で寄り道、が、長めの遅刻、となり、ついにはサボる、というのはよくあるパターンだった。何しろ僕らの通っていたM美術大学は東京都下にあり、途中で登校意欲が失せるのもしかたない距離なのだった。と、勝手に僕らはそう思っていた。

「おあよ」

片頬に手を添えて、小原が朝の挨拶をする。

「まだ治んないの？」

「ああ、痛ェんだよ。ズキズキだよ」

これも毎日のことだった。いっこうに治る気配のない虫歯に毎朝、文句を言いながら、だからといって医者に行くわけでもなく、ただただ痛みをこらえているのだ。

「こうなったら、この歯一本抜いちゃってさ、それごと今治水《こんじすい》につけちゃいたいよ」

プッと吹き出しながら、僕は思った。「この男も変わってるよなァ」。そう、彼は本当に変わっているのだ。そもそも彼は、僕よりも一学年上で、青山学院高校を出たあと、医師をつとめるお母様のあとを継ごうと医大を受験するが、失敗。一浪のあと、「ユキヒロも行くだろ」と美大に入学してしまった。一緒に図書館に通い、一緒に受験、一緒にスーツを買って、一緒に入学式に出席。それ自体はよいのだが、何を思ったか医学の道から急転直下、デザインの世界に方向を変え、いつのまにか僕まで巻き込むという強引さに、僕は感服するばかりだった。とはいえ、僕が美大を選んだのは、僕自身、それなりの考えがあってのことではあるのだが。

だいたい、小原は決めるべきことがあると、必ず人に同意を求めるクセがある。

「ユキヒロ、腹へったと思わない？（何か食べようぜ、の意）」

「ユキヒロ、アイツ頭にくると思わない？（俺、あの野郎、ぶっ飛ばしてやるの意）」

「ユキヒロ、あの娘カワイイと思わない？（なんとかするゾ、俺は、の意）」

とまあ、すべてがこんな調子で、本人にその自覚はないにせよ、最終的なゴーサインはいつも僕が出すことになってしまうのである。

高校もちがう彼と、こんな風に親しくなったきっかけは細野さんだ。たまたま僕のバンドを見た細野さんが、「君たちによく似たバンドを知ってるよ」と紹介してくれたのが、小原の在籍していた〝スカイ〟で、ドラムに林立夫、ギター・鈴木茂、そしてベースが小原という面々。ここでは細野さんもときどきベースを弾いているらしい、ということだった。

すでに彼のベース（プレイ）は完成の域に達しつつあるか、と思えるほどに卓越したものがあったが、彼自身はまだまだ不満といったところらしく、練習も怠りなく、常に新しいことにトライしようという気概が見えた。僕は彼のそんなところが好きだった。豪快、大まか、といった外見とはうらはらに、非常に細かい神経の持ち主で、やさしい男だった。ところが、こと女性に関しては実にやり過ぎというくらいに積極的で、その点に関しては特に引っ込み思案の僕には、うらやましさ半分、軽蔑半分の〝どうしようもない〟奴でもあったのだ。

小原とその仲間たちに出会ったころから、〝セッション〟と称しての、バンド枠を越えたフリーな交流が深まるようになった。

中でも思い出すのは、夏の軽井沢と冬の岩っ原。合宿という名目で一日中練習していたかと思えば、翌日はまた一日かけて女のコを物色しに行く。冬の岩っ原などの場合、おもな目的はスキーで、昼は滑って、夜はロッジで演奏し小銭をかせぐ、なんてこともあった。

ちょっと毛色のちがったところでは、アメリカン・スクールのダンス・パーティ。大学生ならいざ知らず、向こうの連中ときたらもう、マセてるんだから……。ベッタリくっついてチークを踊る高校生を見ていると、「なんで他人の楽しみのために、俺たちが演奏しなくちゃならないんだ‼」と、大いに悔しがったものだ。

ダンス・パーティ以外にも、〝セッション〟と名がつけば、いろんなところに飛び出して行った。そしてそこで、新たないくつかの才能を目にすることがしばしばあった。

あれは日消ホールだっただろうか、客席からの飛び入り参加ＯＫという趣向のこのコンサートで、突如ひとりの学生が、学生服のままギター片手にステージに飛び上がり、いきなりものすごいいきおいで弾き始めた。肩まで髪を伸ばしたその学生の名は、高中正義と言った。

「ねぇ、ユキヒロ、今度の野音、一緒に行かない？」

小原が次の日曜日に日比谷の野音で開かれる〝一〇円コンサート〟のことを指して、言った。成毛滋や元カップスの連中なんかが出るとか言ってたな。小原の誘いには応えず、僕は車窓に目を移した。一〇円コンサート、か。出演者はノー・ギャラで、儲《もう》けるためではなく良い音楽を聴かせるのだ、というその趣旨は、ちょっと青くせーな、と思いつつ、でもまぁ、そういうのもいいな、と僕は思った。

「なぁ、行こうぜ」

小原が、ちょっとイラついたような表情で、もう一度言った。けれども、そのとき僕が考えていたのは、級友の長谷川が言った言葉だった。

地方から上京し、地味なバイトで学費を稼いでいた彼にとって、僕たちはイーカゲンで派手な存在に映ったのだろう。彼の言葉にはそんな僕たちに対する皮肉がこめられていた。

「君たちってさァ、そういう格好でフォーク・ギターなんか持ってたりすると、ガロみたいに女のコにサインねだられたりしない？」

しかし、このとき僕と小原は、実はガロのメンバーだったのだ。CSN&Yをイメージし、もっぱらそのコピーのようなものばかりやっていたこのバンドの中で、「何とか次の曲ではリードをとってみたいんだよな」と、そんな話題を出していたころのことだった。僕は少し自嘲《じちょう》ぎみに笑った。

「なぁ、ユキヒロ」

窓の外の風景が、ビルの街から、田園風景に変わったころ、小原が言った。

「あのさァ、俺たちってさァ、合うと思わない？」

さっきまでのうす曇りの空が、いつの間にか青い色に変わり始めている。

「バンドやらない？　一緒にやろうよ。なっ」

「うん、……そうね……」

僕はあいまいな返事をして、ふっとひとつため息をつくと、ゆっくりと流れる白い雲を見ていた。

犬の生活

旅に出て、見知らぬ街をブラブラと歩いていると、トボトボと歩いている犬を見かけることがある。首輪をしているくせに、どこか淋しげで、近づいて手を差し出すと、シッポを振りながらペロペロとなめる。

「どこから来たんだ、おい」

と声をかけても、しきりになめまわすばかりで、そのうちくるっと向きを変えると、またトボトボと歩いて行ってしまう。

どんな犬でも、それを見ているだけで僕は泣けてきてしまう。その存在自体、泣けるのだ。特別悲しい生き物だというわけでもないし、泣くといっても涙を流すわけでもない。何というのかな、僕たち人間が持つのと同じような〝人生観〟やら、人生の悲哀やらといったものを胸に抱きながら生きているんじゃないか、と思わせるような雰囲気を彼らは持っている。

もちろん、「そんなことはナイ」のだということはわかっちゃいるのだけれど、試し

に帽子やメガネをつけてみたり、セーターを着せてみたりすると、たちまち人格という
か犬格というか、そんなようなものを漂わせてしまうのである。
あたかもそこには感情が存在するかのように。もっとも、むりやりそんな格好をさせ
られるのは、彼らにとっては迷惑以外の何ものでもないのだが。
では、人間のペットとしてのもう一方の雄、猫はどうだろう。うむ、確かにどこかの
漫画にもあったように、これもまた人間に比喩して語られることは多い。かわいさ、と
いう点では……そうか、猫好きの人たちにとっては同じことなんだよな。しかし、僕に
言わせれば（あくまでも僕に言わせれば、だが）、あれだけ人間的な生き物は、犬をおいて他
にない。若者は若者の、老人は老人の、子供は子供の、そして人種が異なった場合の
——こういうちがいがハッキリある。
さらに、その瞳。猫のそれは、非常にクールでマイペースな生きざまがそのまま出て
いるが、犬の黒い瞳には何か奥深いものを感じてしまう。
彼らはいつも僕に呼びかける。
「幸宏さん、生きるって、どういうことなんでしょう」
そこには、ある種の叙情性さえ感じてしまうのだ。
だからといって、その彼らを利用して、むりやり〝感動〟させたり、〝泣かせ〟たり
する近頃の日本映画は嫌いだ。『〇〇物語』といったタイトルで、ハンググライダーに

乗せてみたり、極寒の海に落としてみたり、誰が好き好んで南極なんかに行くかっつーの！ 人間のわがままさには、まったくあきれかえるばかりだ。そう言いつつも、何かの拍子に（予告篇、などで）チラッとでも見ちゃうと、泣いちゃったりするんだよなー、これが。だからよけいにヤなのである。

ペット好きの人間には、どこかに征服欲のようなものがあって、対人関係においてなしえない主従の流れをペットに求めている、という説がある。ある意味では正しいのかもしれないが、僕にとって彼らの存在は、ほとんど友人、同輩、パートナーといったものである。と、同時に常に保護者でありたいという気持ちにもさせてくれる。

彼らにとっての最大の味方は人間であり、最大の敵もまた人間なのだ。

人によっては、「犬は人間に媚びを売りすぎる」という意見もあるが、彼らはそうしなければ生きていけないし、そうしたのは人間そのものなのだということを忘れてはいけない。

チャールズ・チャップリンの映画に『犬の生活』というのがあって、浮浪紳士チャーリーと野良犬を主人公に、その触れ合いが、ユーモアとペーソスたっぷりに描かれている。チャップリン初期の中篇であるこの作品を見ながら僕は、思わず「いいなー」とつぶやいていた。ここにある両者の関係が、僕にとってはうらやましいかぎりだったし、何よりその（両者の）生き方が、「こんなふうに生きていけたら」と思わせる、実に魅力的なものだったからだ。

犬、の生活。僕にもできるかもしれない。いや、やっぱり無理かな………。

そもそも人間て、ヤだ。ねぇ、君、おまえ、あなた、あんた、なぁ、おい、ねえねえ、よう、………なんでもいいけれど、みんな考えごとするでしょう⁉ どうしても考えちゃうことってあると思う。そんなに考えること、ないのかもしれないのにね。

でも、やっぱり考える。人それぞれ、その時その時の悩みというものを、み〜んな多かれ少なかれ持っているから。

昔から自分はそれを背負って生きてるんだって想ってるよーな——つまり、自分自身の非常に個人的な問題から、大きなお世話かもしれない他人のことまで、まあさまざまに考えることはある。恋愛問題、家庭問題、対人関係、社会問題……。

僕も、悩み性と言われるくらい、よくひとりで考える。毎日の生活の中には、よくまあこんなにとあきれてしまうほど、いろいろな出来事がある。本来、人間は、暗いとか明るいとかっていう区別はない、というのが持論の僕だが、考えれば考えるほど、ピリピリした暗〜い奴になってしまう。もっとリラックスして、フンワリのほほ〜んと過ごせたらいいのに。

悩みという悩みもなく、基本的なことだけで暮らしてゆくことにしよう。食べる、寝る、トイレする、喜ぶ、悲しむ、怒る、感動する……ああ、だめだ。そうやって考えていくと、結局、嘆くとか苦しむといった言葉が出てきちゃう。人が人として生きている以上、しょせんは外部・社会から、自分を切り離すことなどできないのだろうか。……まあ、でも、そうやって考えているのが、いいのかもしれない。そういえば、犬には犬なりの悩みや事件もあるんだもんね。だけど彼らは、いったい何を考えて生きてるんだろう。一度、たずねてみたいものだ。そして、言ってやりたい。「僕は、すべてを捨てて、浮浪したいんだ。行くあてもなく、ゆっくりと、海へと流れる川のように」なんてね。

物心ついたころから、家族同然に付き合ってきた犬たち。どんな種類でも、どんな年でもすべて好きだが、中でもこれだけは、という、いわゆる〝好みのタイプ〟ができてきたのは一八～一九歳で、ロンドンなどに行くようになってからだ。

三秒間に一歩ずつくらいしか歩けないような老人が、ブルテリアなどのタフでマッチョ・タイプの筋肉ガッシリ、顔はブサイクという犬を連れているというような光景を、向こうではしばしば目にするが、あのてのブサイクな奴もいいね。どうも犬に関しては、ブサイクなものを支持してしまう傾向が、僕にはある。

でもその一方で、マルチーズなどの系統のちっちゃな可愛い犬というのにも、やっぱり魅かれるところはある。昔、僕の家でもプードルを飼っていたことがあるが、犬の美容院にトリートメントに出したところ、死んでしまった。ショック死だ、という。犬は飼い主に子供ができるとイジケて死ぬ、なんてこともいうから、そのせいだろうと家族は話していたが、それは人間がつける勝手な論理。真実はわからない。

老犬。これはもう意味なく泣ける存在。その後ろ姿を見ているだけで、キューンときてしまう。ものの本によれば、どんな犬でも最後は天使の輪が付くのだそうで、鳥や他の生き物がみなそのそばに寄るのを怖がらなくなる、そのくらい優しい生き物になってしまうということだ。

五〇〜六〇歳になったら、レンジ・ローバーにアフガンのような大きな犬を乗せ、一緒に釣りに行く。それが僕の夢。いや、でも忠犬っぽい雑種もいいな。鼻が黒くてビシャビシャしてて、犬臭くってね。………ああ、きりがない。要するに犬ならば、なんでもいいのだ。

犬が人間に、それも飼い主に接するとき、彼らはまったくの無防備である。そして彼らがもっとも無防備なのは、ウンチをしているとき。まったくもってナサケなく、だらしない格好で、

「自分は今、これしかできないのことよ」

と訴えかけるのだ。頼りきった瞳、どこか物哀しい表情で。

オレンジ色の港

〝ルルルル……ルルルル……ガチャッ〟

電話のコール音が二回して、受話器があがった。

「はいっ、もしもし……」

Sの、ちょっとくぐもった寝ぼけた声が聞こえた。

「あ、幸宏ですけど……。ねぇ、待ち合わせって、一二時半だったよね？」

言いながら、ロビー奥の時計に目を移す。

「ええ、そうです、一二時半……。え!?　あっ、スイマセン‼　今すぐ降ります！」

壁に取りつけられたデジタル時計の数字は、〝一時一八分〟を表示していた。

街中を走る淀川の支川沿いにあるこのホテルのロビーで、僕はかれこれ一時間近くも待っていることになる。前日、野外でのコンサートを終えた僕は、その足で尾道《おのみち》に行くことになっていたのだが、同行するはずのマネージャー・Sが、時間になってもいっこうに姿を見せない。と思ったら、彼はしっかり寝坊をしていたのだった。

ギラギラと照りつける夏の太陽が、大阪の街に反射して、少しまぶしすぎるくらいだ。五分ほどして、Sが階上から降りてきた。

「どこか行ってたの？　さっきの電話の前にも一度電話したんだけどなぁ」

「いや〜、スイマセン。気づかなかったスね〜。熟睡してたんですねー。ハハハハ」

こうして、今回の旅は始まった。


尾道への旅。それはめずらしくもまったくのプライベートで、そのきっかけとなったのは、そのころ僕がやっていたFMのラジオ番組だった。

「幸宏くん、今年の夏は休みをとれるの？」

いつもと変わらぬやさしいまなざしで、カントクはそう僕に聞いた。カントク、と、親しく呼ばせてもらっているその人は、映画監督の大林宣彦氏。その番組で毎月一回おこなっていたゲスト・コーナーに、無理を言って来ていただいたときのことだ。

「良かったら、一緒に尾道に行かない？　一週間くらいのんびりと」

数年前に、カ、ン、ト、ク、カントクの監督で、僕の主演映画というのが作られたことがあり、そのとき以来のおつきあいをさせていただいている僕だが、旅のお誘いは初めてだったから、ちょっとビックリしたものの、即座にOKしてしまったのだ。

「行きます。尾道か。いいなぁ」

スケジュール的にも、八月のアタマに大阪でライブがあって、その後一週間くらいは休暇がとれるはずだった。よし、大阪が終わったら、その足で尾道に行こう。やった！ウレシー‼

僕は心の底から喜んだ。尾道は前々から一度訪ねてみたい場所だったし、そういう気持ちを持つようになったのは、カントクの作品を見てから。で、その大林さんからの直々《じきじき》のお誘いなのだ。断る理由があろうはずもなく、僕はただただ期待に胸をふるわせるばかりだった。目の前に、あの映画で見た風景が浮かぶ。はしゃぐ気持ちを押さえきれぬまま、たちまちのうちに月日は過ぎていった。

「ダメですねー。あと一時間後ぐらいまで、〝ひかり〟はないですねー」

Sが、〝みどりの窓口〟から戻ってきて、小首をかしげながら言った。

「〝こだま〟で行きますか？　二時間ぐらいなもんでしょうから」

「こだまなら、席、あるわけ？」

「いや、乗っちゃいましょ。それからでもなんとかなりますよ。とりあえず、行きましょう」

本当かなぁ。まったく楽観的な奴だからな、こいつは。僕はSの後に続いた。思ったとおり、というのか、読みが甘かったというべきか。Sの言うままに乗り込んだこだまは、通勤電車並みの混み具合で車内に入ることもできず、結局、列車と列車の間のトイレ近くにたたずむことになってしまったのだ。

「あのヨー」

いきなり僕の目の前に、赤ら顔で酒くさい息を吐く、シンプルな顔立ちのオジサンがあらわれた。

「は、はい」

一瞬、緊張して答える僕。

「スマネーけどよ、ゴミ箱どこだ」

ちょうどダスト・ボックスを隠すかたちで立っていた僕は、あわててその場をよけた。

「こんな状況で新幹線移動するってのは、幸宏さんにとっては最初で最後になるでしょうね。ワハハハハ」

カントクに電話を入れに行っていたSが、勝手なことを言いながら戻ってきた。何を言ってるんだコイツは。そもそもお前が寝坊しなきゃ、こんなことにはならなかったんだぞ、バカ。憮然《ぶぜん》として窓の外に目を移す僕。…………と、あることが頭に浮かんだ。待てよ……。

「ねぇ、さっきひかりは一時間後じゃないと来ないって言ってたよね」

「ええ、そうなってました」

「この（今乗っている）こだまと、そのひかりは、どっちが先に三原に着くの？」

「え〜と、一五分くらいの差で、ひかりが先に着きます」

な、何〜⁉　じゃあ、こんな思いして無理にこの列車に乗る意味はないじゃないか。何を考えているんだ！

「次で降りるよ」

僕は、意識して強い口調で言った。

「あ、そうですか。え〜と、次は新姫路か。………バッチリですね。ひかりも止まるし」

何がバッチリなもんか。まったくもう……。

数分後、誰もいないガランとしたホームで、僕とSはただボーッと次の電車が来るのを待っていた。本当に何もない、人気《ひとけ》もない、時間さえも止まってしまったような空間。陽の光がうまくさえぎられ、心地良い風が妙にうれしい。

「珍道中だな」

僕がつぶやくと、それまで漫画に集中していたSがチラッと僕を見て、またすぐ視線を元に戻した。

「心配しちゃったわよー。突然、遅くなるって言うんだもの」

三原の駅に降り立ち、駅前に出たところで、カントクの奥様と、お嬢さんのチーちゃんが、相好《そうごう》を崩して僕たちを出迎えてくださった。

「どーもスミマセン。ゴメンナサイ」

と、ひたすら平謝り。しかし、マネージャーのミスに、どうして僕が頭を下げなければいけないのか。

車は尾道の市街に入り、商店街のアーケード裏に止まった。奥様とチーちゃんの後を追い、カントクのいるその場所へと向かう。

「さぁ、どうぞ」

奥様の手まねきで、あるお店の前に立つと、そこには人ひとりがようやく通れるぐらいの通路があり、入口に「大林宣彦ファンクラブの店」なる貼り紙がある。うながされるままに奥に進むと、いたるところに大林作品のポスターが貼られ、またカントクとその出演者たちのスナップがあるのがわかる。カウンター越しに置かれた大きなＴＶモニターからはカントクの尾道三部作のひとつ『転校生』のレーザーディスクが流れ、そしてその正面に、〝ホンモノの〟大林宣彦その人がいた。

「やあやあ、おつかれさま」

持っていたグラスを置き、僕たちの前に歩み寄ると、そっと手をさし出す。久々の、そして固い握手。あたたかく、包みこむようなその感触がよみがえる。

「幸宏くん、おなか空いてない？」

新幹線の車内で、パサついた弁当を食べていた僕は、まだ食欲がなかった。

「残念だな〜。おいしいラーメン屋さんがあるんだけどねー」

「ラーメンですか。幸宏さん、行きましょうよ。残ったら僕がいただきますから」

Sが目を光らせて言う。お前は、さっき僕と一緒に弁当食べたんじゃなかったっけ？

「大丈夫、絶対残したりしないよ。本当においしいんだから。僕なんか、いつも二杯は食べちゃうんだ」

カントクの独特のやさしい口調で勧められると、どうも断ることができない。

「行きましょうか」

「よし、行こう！」

「行ってらっしゃ〜い」

人の良さそうなマスターが、笑顔で僕たちを見送ってくれた。

朱華園というそのお店で、僕は結局ラーメンをまるまる一杯、汁まですべてペロリとたいらげてしまった。本当に、うまいラーメンだった。カントクと、恥ずかしながら我がマネージャーのSは当然のごとく二杯いった。餃子も食べてたな。

満たされたおなかをこなそうと、今度は散歩することになった。商店街を歩く僕たち一同、その先頭をきって歩くカントクに、道行く人々がみな、気軽に挨拶をし、カントクもまた笑顔でそれに応える。「あ、あの人、大林宣彦だよ！」などと言って指さしたりするようなことはまったくなく、実に親しげに、気さくに会話が成り立つ。素敵なことだな、と、僕は思った。確かに有名人ではあるし、地元の名士であることにもまちがいないのだが、誰もそんなところを求めるそぶりはなく、まるで近所のおじさん（お兄さん）と話すように、自然な感じだ。ただ、ひとつ言えるのは、誰もがカントクの、その周囲にある空気に触れることをとても喜んでいるように見えることだ。そういえば、Sがカントクと初めて対面したときに、こんなことを言っていた。

「大林さんて、すごいオーラみたいなものを感じさせる人ですよね。とってもあったかいオーラを」

〝千光寺山ロープウェイのりば〟から、ロープウェイで山を上ると、頂きはちょっとした公園になっていて、尾道の街が一望にできる。どこかに秋の気配を感じさせるカラッとした涼しい風を身体いっぱいに浴びながら、黙って眼下を見下ろしてみた。瀬戸内海の小さな島々のその間を、黒い船が白い煙を吐きながらゆっくりと走る。今は廃屋となっている造船所のクレーンの真っ赤なアームが、木の緑と海の青さの中で、妙なバランスを形づくっていた。

ふと、自分が何も考えていなかったことに気がついた。頭の中がガランとして、風が通っていくようだ。ふーむ、と、ひとつため息をつくと、僕はポケットの煙草を探した。

けたたましい、という表現が、こんな場合に適しているかどうかはわからないが、もうそうとしか言いようのない本当にけたたましい蟬《せみ》の声で目が醒《さ》めた。

枕元の時計を見ると、時刻はまもなく一一時になろうとしている。窓の外は明るい夏のひざしに染まり、二階にある僕たちの部屋を越す大きな木の緑が、静かに風にそよいでいた。けたたましさの元凶はこの木にあるのだということは容易に想像できたが、起きてしまえばさほど気になるようなものでもなく、少年のころの夏休みの風景を思い出し、むしろすがすがしいような気分になっていた。隣りに寝ているSは、大きな口を開けて高いびきをかいている。僕は、蹴飛ばしても起きないであろうSに、それでもなぜか気をつかいながら、そっとフトンをたたむと、階下へ降りた。

「やあ、おはよう」

カントクと奥様、そしてチーちゃんはすでに起きていて朝食の準備をしているところだった。

「昨日はゆっくり眠れた？」

カントクの気づかいに小さくうなずきながら、この人はホントにタフだな、と僕は考えていた。昨日はラーメンを食べたあとに千光寺山に登り、そこから降りると「これがおいしいんだヨ」とワッフルを食べ、数時間後には〝夕食〟。それが終わると僕とSは、カントクのスタッフの方に連れられて夜釣りへと出かけたのだが、帰ってくると明け方まで話し込んでしまったのだ。こう言うと、ただタフというよりは〝タフな食欲〟と言ったほうが合っているように聞こえるが、とにかくこの人はタフなのだ。それは映画の撮影時からしてそうだった。

僕の主演した『四月の魚』の撮影などは、僕にとっては超ハード・スケジュールもいいところで、朝七時にスタートすると終了が朝五時ごろ、つまり睡眠時間というかアキの時間が二時間くらいしかないのである。共演の泉谷しげる曰く、「監督は立ってでも寝れるけど、役者はそうはいかねーんだ、バカヤロ」なのだが、これはほとんど真実で、大林宣彦という人は、立ったまま寝れる人なのである。こんな人にペースを合わせていたら、〝フツーの〟我々は、いつ倒れてもおかしくない。現に僕は倒れたもんね。

しかし、それでも撮影が終わると、決まって僕たちはカントクとともに酒を汲《く》み交わした。短い時間を惜しむように何杯も酒を注ぎ、酔って饒舌《じようぜつ》になる僕の横で優しい笑顔で、けれどもいつもペースをくずすことのないカントクの姿があった。

そう、カントクは酒にも強い。強いなんてもんじゃない。なんでも、かつて、一度だけ二日酔いを感じたことというのがあって、一晩でビール一ケースと、一升瓶八本をあけ、その相手をした人というのがほとんどお酒を飲まない人だったというのだから、つまりその大部分をカントクが担当したわけで、それでいて翌日朝起きたら頭のはしがちょっと痛くて、「ああ、これが二日酔いか」と思ったというのだから、とんでもない酒豪なのだ。僕は調子に乗ってカントクのペースに巻き込まれてしまった昨晩のことを思い出し、しまったな、と思いつつ、同時にウレシさのようなものも感じていた。

「アイ・ミス・ユー」

日本語にはない、僕の大好きな言葉。アイ・ラブでもなければ、アイ・ライクでもない、同性・異性の枠も越えた、親愛の情。こんな気持ちにさせてくれる人というのは僕のまわりでも滅多《めった》にいないが、カントクもまた、そういった数少ない中のひとりだ。しばらく会っていないと、「ああ、今何をしてるのかな」としみじみと思い、「会いたいなァ」とぼんやりと思う。こんな人たちの前での僕は、ついつい酒量が増し、またついつい饒舌になっていくのである。

「おはよーざーまぁす」

頭をボリボリかきながら、Sが降りてきた。カントクの奥様がすかさず言う。

「Sちゃん、早く顔を洗ってらっしゃい。ごはん食べたら出かけるわよ」

食卓には、昨夜僕たちが釣りあげた魚が、おかしらつきで並べられていた。

この日、僕たちにメインのイベントとしてカントクが用意してくれたのは、クルーザーによる瀬戸内海の小島めぐりだった。いや、本当のことを言うと、市の商工会議所会頭所有のそのクルーザーに、カントクご夫妻が招待されたところに便乗させていただいたというわけだ。

　さすがは会頭所有というだけあって、そのクルーザーは実に豪華なもので、甲板上には飲み放題のサービスがふるまわれた。

　カントクのご家族、そのスタッフ、そして僕とSの乗り込んだクルーザーは、大きな汽笛を鳴らしながらゆっくりと桟橋《さんばし》を後にした。我がマネージャー・Sは小学生のようにはしゃぎまわり、大林組の助監督のコジマ君と冗談を言い合っている。

「幸宏さん、いいっスねー。最高っスねー」

たのむから、そういう言い方は止めてくれ、などと思いながら、僕自身、実際そんな気分であることは否《いな》めなかった。

　波はなく、真夏の太陽が照りつける甲板の上で、生ビールを飲みながら青々とした瀬戸内の海を見る。これが最高でなくて、なんと言おうか。

「写真とりましょ、写真。ポーズお願いします」

　Sの言葉にカントクと共に乾杯の仕草《しぐさ》をし、それからグビグビとジョッキをあおった。ううむ。快適。太陽がまぶしすぎるくらいだ。カントクに簡単な観光案内をしていただきながら、煙草に火を点ける。いや〜、こんなときは煙草もやけにうまい。ふと見ると、さっきまで大騒ぎしていたSはすでに大口開けて寝に入っている。まったくよく寝る奴だ。が、そういう気分もわからないではない。この心地良さは格別なものだ。僕はただ、こんなに素敵なところで寝てしまうのがもったいなくてしかたがなかった。ギラギラした真夏の太陽、クルーザー、空とつながってしまいそうなくらいに青い海、サングラスに生ビール……どれをとっても僕には似合わないものばかりに思えた。でも、そのどれもがいつになく気持ち良いもので、僕は柄にもなく〝エンジョイ〟していた。自分を縛《しば》るすべてのものを解きほぐす、特別なオーラが僕をあたたかく包んでいた。

「やっぱり来て良かったな」

かみしめるようにそう自分につぶやくと、何杯目かのビールをぐびりとあおった。

瀬戸内の海を数時間かけてゆっくりとまわったクルーザーは、ゆっくりともと来た場所へと戻る。名残《なご》り惜しさと比例するかのように、何となく満足した気分で僕たちは船を降りた。

「いや〜、良かったスね〜」

だから、そのしゃべり方はやめろっていうの。だいたい君は僕たちが船釣りを楽しんでるときも、惰眠《だみん》をむさぼっていたんだろーが。おい、S。

「いや、起きてましたよ。若大将の映画みたいだと思ってましたもん。クルーザーの上から、あの青い海に飛び込んだら気持ち良かったでしょーねー」

勝手に飛び込めばいいのだ。

飲み放題をいいことに、何杯ジョッキをあけたことだろう。ところがアルコールのほとんどは太陽の日ざしの中に蒸発し、カラッとした軽い酔いだけが僕の身体に残っていた。それは普段の〝酔い〟とはちがって、適度に気分をなめらかにし、フットワークまでが軽快になったような気にさせた。

僕たちは、カントクの車に乗せていただき、フェリーの船着き場へと向かった。フェリーといっても、何時間も乗るような大きなものではなく、瀬戸内海に点在する島に渡るための渡し舟の現代版、といったところか。通勤・通学の実質的な〝足〟になるもので、カントクの作品『さびしんぼう』の中でも、主人公のふたりが出会うシーンに効果的に使われていた。

車の中は〝しん〟とクーラーが効いて、ほてった身体をやさしくいやしてくれた。カー・ステレオからはジョルジュ・ドルリューによるフランソワ・トリュフォーの映画音楽が流れ、僕は何とも言えずしみじみしていた。

しみじみ、しみじみ。

ふと外に目をやると、風景がオレンジ一色に染まっていた。それは、僕のかけていたブラウンのサングラスのせいだということはすぐわかったが、流れる音楽とあいまって、まるで映画の一シーンのようだな、と僕は思った。そのことをSに告げると、Sは僕のサングラスをサッととりあげ、

「うわぁ〜、『さびしんぼう』の世界そのまんまですよ、こりゃ」

と、必要以上に大きな声で驚いてみせた。

車内の涼しい空気のせいもあったのだろう。オレンジ色の風景は、夕暮れの時を想起させるだけでなく、どこかに秋の気配さえ感じさせた。ほんの十数分のドライブのあいだにも、陽は着実に山の彼方《かなた》へと進み、木々の影は少しずつ長さを増していた。

フェリー発着所は、夏休み中ということもあってか、それほど人も多くなく、車をそのまま乗りあげると、僕たちはドアをあけ、外に出た。フェリーの甲板も、遠くに見える山の木々も、照り返す波の光も、すべてが夕焼けに染まっていた。一日の終わり、が、始まろうとしている、そんな瞬間。僕は言葉を失っていた。カントクも、黙っていた。向こう岸のひなびたパチンコ屋のあかりが目に届くころ、Sが何か言いかけたが、僕にはもう何も聞こえなかった。

「あとがき」のようなもの

うっぷ……おお、気持ち悪い。

まったくなんてことでしょう。こうしてようやく本書のいわゆる「あとがき」となるものを書くところまで来たっていうのに、僕は今、ひどい二日酔いに苦しんでいるのです。いや、正しく言うならば、身体は二日酔いでボロボロだけど、でも精神的にはなかなかグッドね、という、ちょっとややこしい状態にあるのですね。

昨晩のことでした。僕は来日中のトッド・ラングレンと一緒にお酒を飲む機会を得、そこでしこたま酒を飲み、文字通り我を忘れてしまったのです。

トッド・ラングレンと言えば、ミュージシャンズ・ミュージシャンと呼ばれるくらいの、僕たちにとってはほとんど神様のような人。僕は長年抱いていた彼に対する想いのたけというやつを、グラスを交わしつつ打ち明けました。と、その本人から、逆にこんなことを言われてしまったのです。

「僕こそファンだよ。君のレコードは全部持っている」

いや〜、マイッタネどーも。うれしいじゃありませんか。ま一杯いきますか。あ、そうですか。じゃ私もいただきますか。オットトット……。てな具合に、まるでガード下の焼鳥屋の風景のような雰囲気で、盛り上がってしまったのです。閉店時間を過ぎて「そろそろ、お開きに……」というお店の人に、「だって、トッドだよ。ここにいるのは」と無理やり口説き、朝日が顔をのぞかせる時間まで、飲んじまったというわけで、結局、こんなフラフラの、吐き気バシバシ頭ガンガンの状態とあいなったわけなのです。あー、シンドイ。でも、その時のことを思い返すと、自然に頬がゆるんじゃうわけですよね〜。しかしまあ、考えてみれば、いつもこんな風な〝フツーの生活〟を送っているわけで、そんな毎日の断片を、エッセイ（のようなもの）の形で表現してみたのが、この『犬の生活』なのです。

もともとは、雑誌「テッチー」に連載していた「ここに幸（ゆき）あり」（安易なタイトル！）がベースになっていますが、今回の単行本化を機に、大幅に再構成させていただくとともに、あらたに書き下ろしも加えてみました。その時その時の、さまざまな想いを精一杯詰め込んだつもりです。

本書が、夜眠る前のベッドの中、旅行の際の乗り物の中、休日の午後のひまつぶし……と、どんなシチュエーションで読まれようとも、そして、たとえ読み終えたあとに「このヤロー」といたぶられ、いじめられたとしても、僕は大丈夫です。とにかく僕は今、はっきりと言いたい。

本当に、読んでくださって、ありがとうございます。

最後になりますが。怪しい笑みを浮かべつつ、あくまでソフトに叱咤激励してくれた、編集の粟田政憲、石黒映の両氏、ならびに「これは本当に本になるのだろうか」と、原稿の遅れに終始胃をキリキリさせていたというＪＩＣＣ出版局の田中利尚氏、さらに、まるで今の僕そのもの(?)のようなシブくて素敵な装幀をしてくださった奥村靫正氏、村上光延氏、そしてそして、池田芳江さんをはじめこの本を出版するにあたっていろいろと携わっていただいたすべての皆さんに、心からお礼を言いたいと思います。

それにしても、この歳になると朝までのお酒はやっぱりキツイ。ホント、気持ち悪いったらないのです。……ううっぷ……。失礼しました。

＊編集部注・ここに記載されているクレジットは単行本『犬の生活』のものです。

II

ヒトデの休日

ヒトデたちの休日

近代温泉三種について、考えてみた。

昨今、温泉場で行なわれる正しいスポーツとは何であろうか。昔の温泉場には、いろいろなスポーツが存在していた。射的（スポーツと言えるだろうか）、ビリヤード（スポーツと言えるだろうか。ちなみに昔流行ったのは四ツ球というゲーム）、卓球（スポーツと言える。まちがいなく）。……ううむ、こうやってあげていくと、なんだかどれも地味だなあ。ときめきのマリンスポーツ、ゲレンデに描く愛のシュプール、なんてのにくらべると年寄りくさくて潑剌《はつらつ》とした感じがない。ヒジョーに貧しいイメージ。トレンディ（笑）じゃないやね。

だが、しかし。日頃運動不足の私のよーな者にはとても身近に感じるものばかりだ。だいいち親しみやすい。誰しも過去に一度や二度の経験はあるはずだからね。ないか。まあ、僕ぐらいの年代の人ならまずやってる。と思うが、自信はない。自信はないが、これはまあ、本筋には関係がないので強引に先に進もう。

実は、温泉にスポーツは欠かせないのである。近頃の、ブームに流されている若ェもんと違って、私の温泉好きは年季に裏打ちされた筋金入りのものだ。その私が言うのだからまちがいない。温泉に行ったらスポーツで心地良い汗を流す。これによって温泉の楽しみは何倍にも増すであろう。

それは何故か。

温泉に入る大きな目的のひとつに、疲れを癒すためというのがある。ちょっと熱めの湯に「ヴウー」などと声を発しながら浸かる瞬間は格別のものだ。さらにその快感を増したいとするならば、適当に身体を疲れさせることが必要になってくる。冒頭の三種のスポーツを例にとって考えてみよう。たとえば射的。これは射的というからどこか年寄くさいが、基本的には射撃と同じである。違うかな。いや、同じなの。で、まあ、それをすることによって我々は集中力を遣い、狩猟本能を甦《よみがえ》させられる。同様に、ビリヤードも射的とおなじく集中力が要求され、はたで考える以上に足腰も疲れる。卓球は、反復的運動、リズム感、見た目よりはるかに多い運動量があげられるだろう。こういった、強弱のあるスポーツを組み合わせ、それぞれの種目を、温泉タイムの中にはさんでいく。当然、食事・宴会タイムも含まれねばなるまい。こうして幾重にもサンドウィッチ状態にすることによって、温泉の価値はぐんぐん高まっていくのである。ホントかね。

それにしてもどうしてこんなことを考えたのだったか。ああ、そうだった。

そもそもの始まりは、僕の新しいアルバムのジャケット撮影で、鎌倉ロケに出かけた時のことなのであった。同行したのは、ここ数年の僕のジャケットでいつもお世話になっている、熱血カメラマン・三浦憲治氏とアート・ディレクターの信藤三雄氏。僕を含めた黄金のおじさんトリオだ。

とりあえず撮影は無事終了、雨が降って寒かったものの、いやあとりあえずオッカレサン、と帰路を急いでいたロケ・バスの中、突然、熱血カメラマン・三浦氏が言い出したのだ。

「ねえ、幸宏氏さあ、今度の土曜日、みんなでボーリング大会やんだけど、来ない？」

思わずピクッと僕の身体は動いた。

「メンバーは、信藤さんとか、いろんなデザイン事務所のADやイラストレーター、レコード会社の担当者たちなんかなんだけどさあ」

またしてもピクッと僕の身体は蠢《うごめ》いた。

「おおぜい来るの？」

「うん、けっこう来んじゃない。一五人ぐらいは来るよ。やろうよ、ねえ」

熱血カメラマン・三浦氏はそう言うと、「面白いっからねえ、ボーリング」と恥かしげもなく続けるのである。

ボーリング。一部を除いては、すでに忘れられたスポーツ。胸をはって「昨日、ボーリングやってさあ」と言うのは、少し勇気がいる。が、しかし。これこそ誰もが、そう誰もが心のずーっと奥の方で、「ボーリングだったら、けっこう自信がある」などと思ってはいないか。思ってるでしょ。

ぼくは思わず言っちゃいましたね。

「ボーリング、けっこううまいよ、悪いけど」

果たしてその当日。なんと総勢キッカリ三〇名が、会場である恵比寿ボウルに集まったのである。正直言って少々驚いてしまった僕は、のこのこ出かけて来た自分を棚に上げて、こうたずねたのであります。

「エーッ、三〇人⁉　なんでいまどき。何⁉　流行ってんの、ボーリングって」

巷でボーリングが密かに大流行といううわさは聞いていない。なんだなんだ、この勢いは。

集まった選手（笑）をよくよく拝見してみると、熱血カメラマン・三浦氏、信藤さんをはじめ、安西肇さん、高橋キンタローさん、ウッディ川勝君、そのほか若手のスタッフが男女入り混じって。

みんな何かヘンな人たち。

どこがどう、と説明するのは非常に難しい。しかしみな一様に「ボーリング、ボーリング、うれしいなっ」と言いつつ、スキップしてこの会場に集まってきたのだ。想像だけど。でもそういう雰囲気が、そこはかとなくニオイたってくるのは確かなのである。

通常、こういった催《もよお》しを突発的に行なうと、三〇人も集まれば、中にはひとりぐらい「昔はプロになるかどうか本気でなやんだことがあるのよ」とか、「今日はオレ、自己最高の二〇〇点をマークしてみせるさ」などと言いつつ、磨きこんだ〝マイボール〟を得意気にとりだすヤツがいたりして、言うとおりやっぱりそこそこうまかったりして、一緒にやってるこっちはなんだか恥ずかしくなってしまうようなことがあったりもするものだが、この日のメンバーの中にはそういう人はいない。

「ボク、生まれてから、今日が二度目！」とか、「ボーリングって、どっかヘンでいいよね」とか、中には「ナンカ、アガッテまーす」などとわけのわからないことを言う者もいて、一同ニコニコ幸せ顔。やっぱりヘンだ、この人たち。だいたい、今のこのご時勢に、いきなりボーリングに誘われて、楽しそうだなあと思いながらやってくる、ってのからして、これはどこか普通ではない。みんな、いい大人なのに。

と思って、はたと考えた。ヘンだ、というのは確かにそうなのだが、だからといってイヤな感じは少しもしない。集まったメンバーは僕を含めてタイプは千差万別で、外見、性格、立場、すべてがバラバラではあるのだが、違和感がない。何か共通するものがあるような気がする。どうやらこの人たちは、僕と同じ周波数のようなものを持っているみたいだ。

試合（?）は大きな盛り上がりを見せ、文字通り楽しいひとときを過ごすことができた。それにしてもこの充実した気分は何？　自分でもよく説明のつかないハイな状態の僕。そして、一同は、打ち上げへとなだれこんだのだった。

まずはビールで乾杯。ううん、スポーツのあとの一杯は最高やね。たまらんたまらん、などといくつも杯を重ねているうちに、同じテーブルに座った信藤さんや安西氏らと、ひとつの話がまとまったのである。

派閥を作ろう。

「こんな風な我々」をひとつ勝手に派閥決めしてしまおうではないか。

何で派閥なのかわからない。要するに我々の〝ヘン〟さをまわりと区別したいのだろう。とにかくほとんど同じタイミングで、僕たちはそう思ったのだ。そして、また、ふいに僕は思った。名前が必要だ。名前、そう、あえてつけるとすれば〝ヒトデ〟。

「ヒトデ派ってのは、どうでしょう」

あのマン・レイの『ひとで』という作品が、頭に浮かんだのだ。

信藤さんが言った。

「ヒトデかあ、いいなあ、カッコイイなあ」

「ヒトデはいいよね。なんか好きだなあ」

安西さんがつぶやくようにそう言った。

何故ヒトデがカッコイイのかとゆーと。これはおそらく我々のあいだに内在する共通言語、あるいは共通美意識によるもの、としか言いようがない。

しばらくの沈黙。数十秒ののち、再び誰かが言った。

「ヒトデはいいよね」

かなり酒がまわっているらしく、多少ロレツのまわらなくなった熱血カメラマン・三浦氏のつぶやきが聞こえる。

「なに、ヒトデ？　ヒトデね。オレたち、ヒトデね」

こうしてヒトデ派は誕生した。

そして今度は、「次は何のイベントをしようか」という話題でもちきりになった。ヒトデ派に課せられた問題は山積みである。問題というほどのものではないが。

せっかくのヒトデ派だ。やっぱり、楽しくておかしなことをやりたいではないか（何が「せっかく」なのかよくわからないが、いい。ヒトデ派なんだから）。まずは当然のごとく〝第二回大々的ボーリング大会〟はやらねばなるまい。もっと大勢で、絶対ボーリングなんかやりそうもない人たちも巻き込んでワイワイやろう。今、あまり恵まれていないこのスポーツをみんなで楽しもう。しかし、それだけではつまらない。ヒトデ派を単なるボーリング愛好会のまま終わらせてはいけない。

それなら、と、こんな意見が出た。トライアスロン的いくつかの組み合わせゲームというのはどうか。ひとつに限らず、何種類かのスポーツを組み合わせ、その総合得点で順位を決めるのだ。どうせなら、高得点を上げた者を大げさに表彰してしまおう。どうだい。

またまた咄嗟《とっさ》に僕は思った。それならば、みんなで旅行に出て、団体行動をとりつつ、今、忘れられつつあるひなびたスポーツをやったらどうだろう。ひなびたスポーツって、その……、温泉地にあるような……。そうだ、温泉だ。

「温泉行こ！　温泉」

熱血カメラマン・三浦氏の目が突如輝いた。

「温泉！　いいよね、オンセン」

でも、三浦氏はきっと何も考えていないのだ。しかし、温泉の二文字を耳にして、周囲は色めきたった。安西氏が言う。

「温泉ってのは、いろいろゲームが楽しめるんですよね。そこにスポーツを持ち込む」

「それ好きだなあ。カッコイイなあ。温泉でスポーツ大会」

なにかにつけてカッコイイを連発する信藤さん。しかし、温泉でスポーツ大会のどこがカッコイイのだろう――なんて疑問が浮かぶほど、その時の僕は冷静じゃない。

「行こ！　行こ！　みんなでオンセン」

気分は急速に高揚し、ひとり加速度的に盛りあがっていった。

「やっぱり朝九時にバスで全員都内を出発、昼前には現地でボーリング大会開始！　途中、お昼休みがあって、ゴハン食べて、午後は温泉ホテルでビリヤード大会。あっ、もちろんビリヤードはエイト・ボールね。んでもって、それからお風呂入って、宴会やって、最後は卓球で勝負をつける!!」

……シーン……。気がつくと、あたりは水を打ったような静けさ。若手の方の席からコソコソ話が聞こえる。「幸宏さんは、ビリヤードしょっ中やってるからなあ」。

いけない、つい盛り上がり過ぎたみたいだ。

「そいじゃあ、幸宏氏、行こ、オンセン、オンセン、楽しーもんネ」

助け船が入った。ますます酔いのまわった、今度こそまったく何も考えてない熱血カメラマン・三浦氏だった。

「いいなあ、カッコイイなあ、やっぱり好きだなあ」

またもやカッコイイの信藤さん。何がやっぱりなのか、やっぱりわからない。

安西さんが毅然とした口調で言った。

「よし。次は近代温泉三種で決着をつけましょう」

僕は思った。なんのことはない、この人たちは要するにただのヨッパライなのである。でも、しかし、紛れもなく僕の同類〝ヒトデ派〟の仲間たちでもあるのだ。ああ、とことんプリミティブな、それでいて繊細極まる生き物、ヒトデ。脳ミソ少なそうだしなあ。まあ、このメンツを指して言うなら、言いえて妙だとは思うのだけれど。これからどうなることやら。

ところで、ボーリングができ、ビリヤードができて、卓球までOKという、そんな温泉宿というのがいまどき実在するのだろうか。目下の大きな悩みである。

やっぱり犬が好き

最近、また犬が欲しくて仕方がない。その気持ちを文字にすれば、もう「欲しい欲しい欲しい欲しい欲しい欲しい欲しい欲しい欲しい」というくらい欲しい。ちょっとしつこいけど本当だから仕方がない。

ペットと呼ばれる立場の彼らの都合も考えもせず、こちらから一方的に「貴方が欲しいのよ」と思っているのだから、彼らにとっては迷惑かも知れないが、欲しいものは欲しいのだ。そこんとこひとつ考えていただいて(何を考えるのかわからないだろうが)、是非ともワンワンとかウォーンなどといいながらやって来ていただきたい。

でも、欲しいという表現には「所有する」というようなニュアンスが漂っていてイヤかも知れないな。だったら、ドレイ、いや、それじゃもっと可哀そうか。じゃ、たとえば、家来、あるいは子分。それでいい。そういったものになってくれたとしたら、ホントにうれしいと思う。

家来だからして、当然コトバづかいも丁寧でね。朝、起きると、「ダンナ様、きょういかがいたしましょう。あ、おでかけでございますか」なんて言う。子分タイプの奴は、「親分（もしくは兄貴ィ）、こちとら江戸っ子でーい、いっぱつガツンといきやしょう」なんて言ったりして。

興奮するなぁ。

ホントは、家来、子分なんていうんじゃなくて、相棒、ダチ公、というね。それで充分なのですよ。そいつらと話ができたら。でも、たいていの場合、そういう会話はできるもんじゃないから、この世は悲しい。犬会話教室なんてのもまだないし。あったとしても僕は行かないだろうけど。

話はちょっとそれるのだが、僕は時代劇が好きで、家にいるときなど、夕方の再放送ものは欠かさず見ている。大半は、正義勝つ、悪滅び、善人喜ぶ、悪人泣くという図式になっていて、見ていてとても安心だ。演技が大げさなのもヒジョーにうれしい。途中から見てもほとんどの場合がわかるようになっているし、登場人物の上下関係も実に明快。

要するに単純なだけなのだが。

で、いわゆる豪華歴史大追求大河ドラマというやつはけっこう苦手で、やっぱりシティ感覚あふれる町人モノが好みだ。ああいうのはもったいぶらないのが良いのです。やはり。

普段は遊び人の金さんが実は南町のお奉行で、シラを切る犯人を前にモロ肌出して「このサクラ吹雪が目に入らねえかい」というところ、シビレやすねえ。金さんとはそれまでにも何度も顔を合わせていたはずの犯人が、サクラ吹雪を見せられるまでまったく何も気づかないところも、お間抜けでいい。いっそうのこと金さんは実は犬だったことにして、あのお白州の場面で、「てめえたち、そこまでシラ切るつもりなら、この犬顔をとくと見やがれ」って突然犬に変身しちゃうくらいやっちゃっていいんじゃないか。「俺はてめえらの悪行を犬の姿で見ていたんでぃ」なんて言ってね。だけど、犬は色の識別能力が弱いから、しょっちゅうそれでだまされてドジ踏んで。でも、時の将軍が徳川綱吉・犬公方なもんで、なかなか解任されない、と。いいなぁ。誰か作らないかな、そんな時代劇。作るわけないか。

話を戻そう。僕にとっての家来、子分、相棒、ダチ公について、である。彼らを自分のものにするにはどうしたら良いか。まず、順当なところでいえば、いちばんてっとりばやいのが街の犬屋さんで購入する、つまり、犬身売買というやつである。しかし僕は、これが昔からどうも苦手だ。

店の主人の「ダンナいい娘がいますぜっ」という言葉に、いきなり悪い旗本になった客が、「ホウ、どおれ、オオッ、なかなかのものよな」と助平ヅラになり、「越後屋、おぬしもワルよのお」などと言いながら、二人顔を見合わせて「うふうふ」と不敵な笑いをする。血筋、育ち、といったことも検討しつつ値段が決まるのだが、とにかくここでは金がモノをいうから、日本人（和犬）だろうが西洋人（洋犬）だろうが、はたまたハーフだろうがよりどりみどり。顔、スタイル、性格など、まったく自由に選べるという前時代的世界だ。しかし、カイショウある素晴らしいダンナ様にもらわれていくことが唯一の幸せなのだから、娘も文句のあろうはずがないのだ。うふうふうふ。と、こんな風景が毎日のように繰り返されているかと思うと、僕の胸は痛む。

店のウインドウの中でキュンキュン、クゥーンと泣きながら、「私をもらってください、高いネダンで買ってくださいまし」と、まだ幼い彼らが言っているのを見ると、僕などは、つい、うーむ、どのような事情があるかはわからぬが、なんと気の毒なことか、親の年貢《ねんぐ》のカタに身売りされたのであろうか、と、またまた時代劇調になりながら、「すまぬ、ワシにはおまえらを皆救ってやることができぬのだ、まことにすまぬ、サラバじゃ」と言ってその場から逃げるように立ち去ってしまうしかない。

先日、ある人の紹介で、大変ユイショある血統の黒色ラブラドール・レトリバーの小犬をもらいませんか、というお話があった。こういう素敵なお話というのは、そうあるものではない。ものすごく心は動いた。ぐらぐらに動いたが、考えた末に結局のところ今回は、一応お断り、ということにしてしまった。僕が一人住まいであること、現在の家には犬が走りまわれるほどの広い庭がないことなどが主な理由。だが、改めて考えると、その辺のことはどうにかなったのかも知れない。まあ、気持ちが今一歩かたまらなかったのだから、やはりここは御縁がなかったということだろう。やはり人格、いや、犬格というのか、それを尊重しつつ、こちらも楽しく一緒に共同生活をしていこうというのは、なかなかに大変なのである。

わりあい最近のことだが、伊豆半島の多賀というところで、実に気持ちのなごむ光景を目撃した。漁港沿いの国道を車で走っていた僕は、多賀に来たらそばを喰おうと、いつものお店に向かった。そのお店のそばは、もう、めったやたらにおいしい。いや、味はもちろんだが、量、店の雰囲気と、総合的に高い点数をつけられる。伊豆に来たらこのおそばを食べる、というのは僕のお決まりコースなのだ。その店の駐車場に入ろうと、僕は右折のウインカーを出して車を徐行させた。そしてそのままゆっくりと右へ曲がろうとすると、目の前を自転車に乗った老人と一匹の犬が横切ろうとしている。犬は自転車の荷台で、老人の背中に手（前足）をかけて立っていて、口にはまだ封を切っていないソーセージをくわえていた。犬の方もかなり老いていたようだったが、おそらく雑種であろうこの犬と老人の姿は、見るからにつれそいというか、きちんと同等の立場の家族というような雰囲気をかもしだしていた。

僕はなんだか涙が出そうなほど、胸がきゅんと感動してしまった。ああ、あんな風なのっていいなあと、心から思ったのだった。

おそらくあの年老いた犬は、老人が妻と死別してから、何年もずっとふたり暮らしをしているに違いない。名前は権助というのだ。違うだろうけど。そして、これからもふたりはいつも一緒で、老人が世をまっとうして亡くなると、しばらくして後を追うように権助も静かに息をひきとるのだ……。というようなことを、約一・五秒のあいだにすばやく考えてしまった。

老人と犬というのは、世界のどこに行ってもなんだかムショーに温かくて、せつなくて、悲しい感じがして、いい。フランスのドーヴィルの海岸で見た老人と犬も、伊豆の多賀で見た老人と犬も、なんだか人生（犬生）を考えさせられるよーで、とても良かった。いつになるかはわからないけれど、やはり僕も年老いたら、犬と一緒にいたいなと想う。妻や子供たちと一緒の、家族にかこまれて仲良く過ごす晩年もいいだろうけれど、犬とひっそりとふたりきりで過ごす「終わりの季節」、なんてのもロマンがあっていいなあ。それは、見方を変えれば寂しくてたまんないことかも知れないんだけれど。でも、犬と一緒にゆっくりと残された日々をかみしめながら、自分の人生を振り返ってみる、そんな風景というのも、なかなかにいいのではないか。

いずれにしろ、多分、まだ先のことではあるのだが。

言葉、その表現についての考察

「低い声は説得力がある」と言ったのは、かの天才・宮沢章夫氏である。

この素晴らしい説は、宮沢氏が何年か前のラジカル・ガジベリビンバ・システムの芝居の中で展開していたものだ。ラジカル・ガジベリビンバ・システムというのは、竹中直人さんやシティボーイズ、いとうせいこう君に中村ゆうじさんといった面々によって構成されている「演劇の否定」を立脚点とした演劇集団である。僕はその立派なコンセプトもさることながら、彼らの舞台に欠かせない要素であるお笑いの部分に魅かれて、何度か観に行ったことがあるが、現在は開店休業中のようだ。残念なことに。

宮沢氏は、その集団の座付き作家であり、演出家。身体が弱いところが僕と似ている。で、その宮沢氏の説だ。たとえば妙にカン高い声の中村ゆうじ氏（たとえば、ですよ）が発する「あのね〜」という声にはどうも軽い印象があるけれど、低くてシブい声の大竹まこと氏の「あのね」には、何か大きな意味があるような気がする。同じ内容のことを言っていても、その声は、つまり表現をする人の、そのやり方次第で受け手の印象は随分違ってきてしまう。そればかりか、意味まで変わってきちゃうこともある、ということだ。

こういうことは確かにあると思う。たとえ正しいことを発言していても、嫌いなやつの話は素直に聞けない。同じ題材の話を、政治家の人なんかが言うとどうも信じられないけれど、立松和平さんみたいな人が言ったりすると変に納得しちゃったりする。こういうことをマクルーハンという人が、もう二〇年以上も前にきちんと学説として発表しているので、興味のある人は読んでみるのもいいかもしれない。

なぜこんなことを考えたかというと、僕は昔からいわゆる〝女子大生ノリ〟って奴が苦手で、そういう年代の女性と接していると、それだけでイライラしてしょーがなくなる。その理由というのは、たとえば彼女たちの髪型やファッションといった外見上のこともあるけれど、それ以上に彼女たちの発する「言葉」に問題があるのではないか、と、思ったからだ。

先日、某所で僕の隣にいた女子大生らしい二人の会話は「チョー」の連続だった。「あの教授ー、チョーうるさくてー、チョームズカシイ問題をー、いっつも出すからー、チョー厭（ヤ）なのよねー」「でもさー、あたしたちだってー、バイトもあるしー、ケッコー忙しいんだしー、他にもやることあるんだしー、カツオ風味の本だしー」ってなことを延々としゃべり続けていて、イライラを通りこしてお笑いだった。「カツオ風味の……」はウソだけど、その他はほぼ事実、本当にこんな風にしゃべるんだなぁ、とつくづく感心してしまったのである。「感心」という表現は正しくないか。とすれば、唖然、か。

「……ってカンジ」「……みたいな」というのもある。どちらも、自分の意志をきちんと伝えることを拒否した、要するに主観を持とうとしない、極めて日本人的曖昧さに満ち満ちた言いまわしである。さすがに女子大生。自らの言葉に国民性をてんこ盛りにするなんざ、てえしたもんだ。って別にほめてるわけじゃない。僕にとってそういった言葉というのは、「本当に、チョー困っちゃうってカンジだしー」なのである。やだねえ。

言葉っていうのはホントに使い方次第なんだと思う。よく、「アイツ、根はいいやつなんだけどね」という言い方で、他人を批判することがあるけれど、表面的な言葉やふるまいもその本人の発するものであるとするならば、それはきっと「根はいい奴」ではなく、「根はいいかもしれないけど根以外のほとんどは悪い奴」ってことになるかもしれない。女子大生の言葉が、イコール彼女たちの思想としか考えられないのと同じように、逆に言うと、言葉の用法を完璧に把握さえしていれば、どんな悪人でも人をダマせるってこと。「いい人、と思われてるやつには気をつけろ」って言葉もあるくらいで、超能力でもない限り、相手の本心を読み取ることはムズかしい。だからといって、「この人は、こうした僕をほめているけど、腹の中じゃ批判しているんじゃないか」なんていちいち詮索していたら、疑心暗鬼、人間不信、ってことにもなりかねない。むずかしいんだな、これが。で、普通はまずその言葉を額面通りに受けとっちゃおう、ということになる。

シェークスピアの戯曲『ジュリアス・シーザー』の中に「〝あなたはごますりがお嫌いで〟といってやると、〝そうだ〟と答える。だが、そのときがいちばんごまをすられているのだ」というセリフがあって、なるほどそうだな、と思わせられるものの、ま、それはそれでいいんじゃないか、とも僕は思う。とりあえず額面通りに受け入れちゃう。一種の知恵、だ。人と人とのあいだの潤滑油としての〝言葉〟。そう思った方がラクだし。

友人の鈴木慶一という人は、よく仕事に遅刻することで有名だ。彼は毎回その理由というのを披露してくれるのだが、曰く、「本当は充分間に合う時間に家を出たのだけれど、玄関を出たところで犬のウンコをふんでしまった。で、気持ちが悪いので家の中に戻り、まず靴を洗い、自分もシャワーを浴びた。髪の毛が乾くのに時間がかかり、ようやく家を出ようと思った時に今度は自分が便意を催してしまった。トイレに入る。俺のトイレは時間が長い。トイレを出る。俺はウンコをするとシャワーを浴びないと気が済まない。シャワーを浴びる。髪の毛が乾くのを待って家を出たら渋滞。で、こんな時間になってしまった」というような言いわけを、その遅刻の長短に合わせて、つなげたりカットしたりしつつ語るのだ。ほかにも「玄関の前に大きな犬がいて、ワンワン吠えるので、こわくて出れなかった」とか「家の窓に大きな蜂の巣ができていて、外に出ると刺される恐れがあるため、なんとかとり除こうとしていて遅くなった」なんてのもあったな。単純に「おそくなってゴメン」ではないこれらの理由は、次に遅刻したときに「さて、きょうは何て言うのかな」という期待を抱かせてくれるわけで、これはひとつの芸であるとも言える。あらかじめ言いわけとわかっていて、しかもその内容もまさに言いわけ以上でも以下でもないものなのに、それを期待までさせてしまう鈴木慶一という人は、やはりなかなかの曲者なのである。

想像力とボキャブラリーに裏打ちされている彼の言いわけは、つまり、潤滑油だ。ここまでくれば単なる言いわけを超えているといってもいい。

ここでまたもや女子大生や、若きＯＬ。彼女たちは、ある時期、たとえば美味しいものを食べても「ウッソー」、恐い思いをしても「ウッソー」、プロポーズを受けても「ウッソー」、本当のことを言われても「ウッソー」とどんな場合でもごく限られた言葉でもってコミュニケーションを済ませようとしていた。しかし、当然、こんなものがコミュニケーションであるはずがない。だいたい会話がなりたつわけがない。

と思ったのだけれど、けっこう長時間にわたって話をしていたりもするから不思議。でも、やっぱりあれはあくまでも「会話のようなもの」でしかないと思う。あるいは、思いつきの言葉の羅列。

もちろん、普通の会話の中で、僕たちはいちいち吟味して言葉を発しているわけではない。文章のそれとは比較するのもおかしいだろう。会話の中の言葉なんて、ある意味ではすべてが思いつき。なにげなく使っちゃってるわけで。

それが恐い。

「なにげなく」、だから、本心とはとんでもなくかけ離れた言葉を発してしまったりする。パブロフの犬のように。

小学生の低学年くらいでは、クラスの担任の先生に向かって「お父さん」とか「お母さん」と呼んでしまった経験のある生徒は案外多いという。ほほえましい状況。自分に対する、親と同様のまなざしを認めたとき、子供はなにげなくそう呼んでしまうのだろう。

でも、それならまだいい。

大事な人を、たとえば事故で失ってしまった時に、女子大生A子はこう言ってしまう。

「ウソ、ヤダ、信じられなーい……ってカンジ」

まさか、そんなことをいう人はいないだろうけど、でも言い出しかねない人はたくさんいると思う。無意識で。あぶないあぶない。

言葉というものは、知らず知らずのうちにその人の肉体にしみこんでいるものなのだ。

で、一回しみこむとなかなか落ちない。強力なボディ・シャンプーをもってしても、容易に払拭《ふっしょく》することはできない。あきらめずにごしごし磨くか、あるいは服で隠すしか方法はないのである。

HOTな夏

暑い‼

夏は暑いものと相場が決まっている。それは社会の常識である。しかし、それでもやっぱり暑いと叫ばずにはいられない。別にそれが良くないことだとか、非常に悲しいことであるなんてことを言っているわけではないが、とにかく暑い。確かに体力的には辛い。うんと若い頃、つまり子供の頃なんか、夏の暑さなんて何の苦でもなかったのに、一体いつぐらいから「夏は暑いから嫌いなのよね〜」になってしまったのか。

人間には冬型の人と夏型の人がいるようで、やせていて水着を着るとどうしてもヨガの行者かタイのキックボクサーみたいになってしまう僕などは、まぎれもなく冬型といえるのではないか。自慢じゃないが泳げないんだぞ。考えてみたら、スキーは一応一級だし。小学校のときに取ったジュニアの一級だけど。本当のことを言えば、寒いのもとても苦手、嫌いなのだ。要するにやっぱり自分に都合よくカンファタブルなのが良かったりするのが人間だということなのだ。それとも僕がわがままなのかな。

日本は四季おりおりの〝らしさ〟のある国。この〝らしさ〟ってのは大切。夏にメチャクチャ寒くてコートがなきゃ外を歩けない、なんてことにでもなったら、そりゃ焦っちまう。だから、あの憂鬱なツユが明けて太陽がカーッと照りつけるのがスカッとして大好きって人の気持ちもわからないではない。アタシだってですよ、もうちと体力があれば、汗びっしょりになりながら真っ黒に日焼けしてスポーツなんつーのも悪くないなあと想ったりもするんです。もともとアウトドア、自然なんてのが、柄にもなく好きだったりするんですから、まあ、ここ数年は石鯛釣りに精出すのが関の山ってとこですが、あれはあれでなかなかヘヴィな釣りなので、それすらも思うようにままならないってのが現状だったりするわけなのだけど。具合悪くなって磯場で倒れちゃったりしたこともあるし。

たとえば「太陽ギラギラまぶしくてみんな開放的に海や山にリゾートだ遊ぶぞどうだどうだ」というのも、まあ、ひとつの夏の〝らしさ〟には違いない。が、僕の考える〝らしさ〟はちょっと違う。いわゆる風物詩的なヤツ。暑かった一日が終わる夕暮れ時、涼しめの風が吹き始める。ヒグラシ（蜩）の声を聴きながら、蚊取り線香なんか用意して、縁側で冷たいビールをグイッといく。もちろん枝豆は必需品、団扇《うちわ》に浴衣、暗くなった空にどーんと花火でも上がりゃ言うことなし、という○○の夏、日本の夏という例のパターン。

いいではないか。〝らしさ〟にもいろいろあるということを認識しなければならない。〝らしさ〟とは決して一面的ではないのである。

でも、ちょっと待てよ、こんな図、今の都会じゃありえないか。こりゃちと年寄りくさいかな。しかし、いいものはやっぱりいいのだ。そういやぁ、今の自分の家は代官山からすぐってとこのコンクリート造りの三階建て、家に帰りゃ二階に上がってすぐエアコンのスウィッチ入れて冷蔵庫から缶ビール出して、TVをつけてグビグビ飲む、そんな感じだものなあ。ちょっと淋しい。

もっと何か大切なものが、夏にはあったような気がする。もっと胸がキュ〜ンとするような何かが。それは何も「夏の終わりの海辺で感傷的になってる図」なんてものだけではなくて。あったはずなのだ、大切な何かが。

「暑いの嫌い」という僕ではあるが、それでも日本列島に梅雨前線が忍び寄る頃になると、一応、今年の夏はどういう休みの過ごし方しようなんてことは考える。それは僕が一〇代の時から変わってない。二四歳ぐらいからほぼ一〇年間は服のデザインの仕事をやっていたこともあって、他の季節同様「今年の夏はどんなファッションかな」みたいなことも当然考えてはいた(今はそういうのって嫌いだけど)。ただし、仕事だったたから、決してそれで楽しかったわけではない。大体、日本の夏は本当の意味ではおしゃれを楽しめないし。

昔と今で大きく変わった「遊び方の希望」は、とにかく人の多いところは絶対ヤだということだ。疲れたくないのだ。それは肉体的な疲労ということより精神的な部分についていえるわけで、だから、夏、静かにゆっくり休めるところがあると聞くと、行こうかな、という気になったりする。でも、私、腰重いしね。飛行機嫌いだし。結局、あんまり出かけて行くことはないのだけれど、自分の好きな服をゆっくりとカバンに詰め、目前の旅に心を躍らせる図、というのは想像するだけで楽しいものだ。同行するのはすごく気の合う仲間たち。いや、一緒にいて、すごく〝うれしい〟女性と、というのもいいかもしれない。人に溢れているわけではなく、かといって退屈でもなく、のんびりできて心が休まって、快適で幸せな夏休み。ううっ、欲しい！　金に糸目はつけねえぜ。そういう問題じゃないんだぜ、てな感じの多少スノッブな時をすごしてみたい。

でも、それもつまるところ日頃の自分の状況が重要なのだ。いくらそういうセッティングがきっちりでも、自分の状態いかんでは、すごーく淋しい旅やともすれば辛い旅になったりもするかもしれないのだから。悩みごとや気になることを抱えたままでの旅なんて、苦しいだけだ。まあ、私なんかの場合、未だ実現しないそんな休日を、いつかきっと、と夢見ているくらいが丁度良いのかもしれない。

この秋は一カ月ほどロンドン、パリと仕事でとはいえ、行くことになっているから、日本の夏をどう過ごすかというのは個人的にはとても重要なことではあった。しかしなんだかんだやっているうちに、今年もアッという間に過ぎてしまいそうだ。残念。やっぱりまた今年も、か。

そういえば、何故夏は食欲が無くなるんだろう。夏になると、モリモリ食べられるんだ、という人を見ると本当にうらやましく思う。もともと食は細いもんで、あまり食べる方ではないけれど、オイシイ物を食べることは好きなのだ。なんかこう、バシッと食べられないものか。さっぱりした和食、吟味し尽くされたフレンチ、スパイシーなエスニック料理……しかしどれもピンとこないな。インドものは大好物なんだけどな。スタミナスタミナって焼肉ジュージューばっかりっていうのも嫌いだし、まだ、好物のイタリアンなら大丈夫だろうけど、それも店やメニュー次第という感じ。スタジオの出前のお弁当だろうがなんだろうがガツガツいける強靭な胃が欲しい。そうすれば、僕の夏もまた違ってくるのだろうに。

冷房というのも良くない。僕の場合、屋内にいる場合はまず一〇〇パーセント冷房の効いたところ。クーラーの効いている家を出て、クーラーの効いている車で移動、クーラーの効いているスタジオに入って、深夜まで仕事。このスタジオの冷房というのが問題で、機械類に影響がないように、などといいながら、どこも冷房が効きまくりで、時にはギンギンで寒いくらい。ところが一歩外に足を運ぼうものなら、そこは極暑。体にいいわけはない。夜、涼しいレストランから外に出ればやっぱりそこはドロッとした空気。でも実はこれが本当の温度と湿度なのだが。……で、また寝る時にはクーラーをかけちゃうし、ちょっと気をつかってタイマーにしたりもするが、暑さで目がさめちゃって寝ぼけまなこでもう一度スウィッチ入れちゃう。こんなことを毎日のようにくり返しているのである。夜寝る時のクーラーは間違いなく体に悪い。わかってますよ、僕だって。しかし暑さはいやおうなしに安眠を妨害する。寝不足になるのもまた良くないんでしょ。んじゃ、どうすればいいんだろうね、まったく。いっそのこと誰かに思いきり殴ってもらって気絶している間に朝になるってのはどうだろう。痛いのはヤだけど。

夏といえば、恋多き季節。学生時代は一年で一番長い休みがとれるし、いわゆる社会人になっても比較的休みはとれやすい時期である。……チャンスは増えるわな。出会いのチャンスというやつだ。おまけにシチュエーションはいつもとは違うし。そりゃもう当然といえば当然。寒いより暑い方が開放的になってしまう。そんな錯覚があるのが人間だからして、攻撃性も増してくる。そりゃ恋愛のひとつもしたくなるわな。女性の場合、アバンチュールのときめきサマーって調子なんだろうな。情緒も不安定で、売りとばされたってワシャ知らんぞ。ま、勝手にやってくれよ。アタシにゃ関係ありませんよ。けっけっけ、と思わず世の中をナナメに見てしまう理由なき反抗。

なんか怒りっぽくなってる僕も情緒不安定かな。文章も不明瞭だ。大昔の犯罪者の言葉ではないが、これも暑さのせいなのさ。ああしかし、まだ続く連日のスタジオ作業。

ヘイ、みんなぁ、煮つまりあってるか〜い? おっといかん。末期的症状が。こうなりゃ早いとこロンドンへ行くぞー。それで向こうでVERY HOTなCURRY食べるんだー!

フランスの想い出　1

久しぶりのド・ゴール空港は、快晴だった。

イミグレーションをなんとなく通過してロビーに出ると、機内では別々の席であったマネージャーのSが近寄って来て、「いやあ、想ったより暑いっすねえ」などと笑いながら言うのだった。しかしその時の僕は、大嫌いな飛行機がとりあえず無事着陸できたことの安堵感と、十数時間の旅の疲れとが入り混じったなんとも複雑な精神状態だったから、意味不明なSの笑い顔に少しばかりイラつきを感じた。

しかし、ほどなくして彼の笑い顔が消えた。迎えに来ているはずの現地のコーディネーターの姿が見えないのである。Sや、同行したカメラマンの三浦氏、そしてその助手のマルちゃんが周囲を歩きまわってそれらしい人間を探してみたが、さっぱり見当たらない。こりゃ、先が思いやられるぞ、と、ちょっとぐったりした気分になった。

「どうもすみません」

四〇分ほどたった頃、汗をかきかきおどおどしながら、やや身体が大きい、そのわりに妙に童顔の青年が現れた。松本といいます、と彼は名乗った。お母さんのような目をしている。

「途中で事故があったらしくて。ひどい渋滞で、すっかり遅れてしまいました」

弁明する彼を見ながら、きっとこの人はパリで苦労しながら暮らしているのだろうなあ、と僕は想った。そう感じさせるには充分な雰囲気が彼にはあった。

このパリイのお母さん顔青年マツモトの運転するマイクロバスに、到着したスタッフ全員が乗り込むと、一路パリ市内へと向かった。が、ハイウェイはひどい渋滞で、通常なら四〇分くらいの距離に約二時間近くもかかってしまい、その間お母さん顔青年マツモトはつぶらな目をしばたたかせながら、「やはり事故ですね。ひどい渋滞です、普段はこんなことはないデス」と説明するのだったが、空港へ来る時の事故というものがどうして反対車線の混雑になるのかよくわからなかった。

車窓の風景が市内の街並に変わる頃には、もうあたりは夕闇につつまれ始めていた。街は当たり前だが相変わらずのパリであった。「いいっすねえ、いいなあ」と喜ぶマネージャーSを横目で見ながら、僕も少しずつ気分がやわらいでいくのを感じていた。

車はサントノーレ近くのすこぶる上品なホテル、REGINAの前でエンジンを止めた。さすがの僕もほのかな空腹感を抱いていた。なにしろすでに十数時間、まともな食事をしていないのだ。お母さん顔青年マツモトが、早速チェック・インの手続きにフロントに向かったが、僕たちはここでもまた、待たされることになった。何が問題なのか、なかなか部屋に入れてもらえない。落ち着いてきた神経が、またもやイラつき始めてきた。

「あのう」

しばらくしてマツモト青年は言った。

「ホテル側が、部屋をみせるので、これでいいかどうか判断してほしいとのことです」

ずいぶんご丁寧に、と思ったが、素直にホテルマンのあとに続くことにした。とにかく早く部屋に入れてくれ。

中二階のバルコニーを左に入った部屋のドアの鍵をガチャガチャと開けたホテルマンは、どうぞっというポーズを僕に送った。中に入り、部屋の中をぐるっと見回してみる。なかなかの部屋だ。

「ウン。僕はここで結構ですよ」

「そうですか、じゃ、もうひとつの方の部屋を見てみましょうか」。お母さん顔青年マツモトはそう言うと、マネージャーSらとともに、部屋を出ていった。待てよ、そっちの方がよかったら損しちゃうな、と僕は思った。ついつい湧いてくる助平心を引き連れて、彼らのあとを追う。と、バルコニーに出たところで、階下からガヤガヤと日本人の声が聞こえた。ロケ・ハン、モデルのオーディション等で先に現地入りしていたスタッフたちの声だった。

「やあ、どうですか」

ニコニコッと人なつっこい顔で近づいてきたのは、今回の僕のレコード・ジャケットのＡＤとヴィデオの監督までお願いしてしまったアート・ディレクターの信藤さんだった。何が「どう」なのかよくわからないまま、「ええ、まあ」と曖昧に答える。と、今度は助監督兼総仕切り役のタイレル・コーポレーションの山口君があらわれ、やにわに「駄目ですねえ、あっちの部屋の浴槽は使えませんよ。幸宏さんの方の風呂場はどうですか？」と聞いた。彼はヴィデオ撮影の一シーンに使うに適した浴室を探しているのである。それにしても突然の質問。「浴槽？　ああ、じゃあ見てみてよ」。そう言って僕が自分の部屋のドアを開けると、山口君、信藤さん、熱血カメラマン三浦氏、そしてまだ顔も知らない他のスタッフがどどどっと入ってきて、浴室のドアを開けてああだこうだと始めてしまった。僕は思った。これはまずいぞ。こちらは、相当な遅れをとっている。何か言わなきゃ。「この浴室、なかなかいいんじゃないですかねえ。色づかいがなんともいえないし、シャワー・カーテンもないしねえ」。僕はたいして中も見ずに、とりあえず彼らと話を合わせた。しかし、信藤さんは「ううむ」とあやしい笑いを浮かべて腕を組み、山口君は「やはりスタジオですかねえ」と能面のような無表情で言う。ひとり熱血三浦氏だけが、浴槽の中で寝転んだり立ち上がったりしながら、「そう、そうねえ。

……そうかね」と元気にふるまうが、その元気はなんとはなしにからまわりしているように思える。僕は浴室を出ると、ベッドにペタッと腰を降ろした。また少しぐったりとした気分になっていた。

「電話借りていいですか」

ふいに後ろから男の声がした。

「電話貸してください。九時にレストラン予約しちゃっているんで、遅れるって電話入れとかなきゃいけない」

その男は目が血走っており、深海魚のようなにぶい光を放ち、相当にせっぱつまっているようで、その口調は怒っているようでもあり、またひとりごとのようでもあった。僕の返事を待たずに勝手に電話を使いだした男の横顔を見ながら、僕はようやくその男がさっき下のロビーで紹介された現地のコーディネーターのひとりであったことに気づいた。

数分後、なんだかんだで下に降りていくと、さらに新たな日本人の声がした。僕の姉や友人からの紹介で、今回の撮影に加わってもらうことになったパリ在住のスタイリスト、かな子ちゃんとナカチャン、それに小野田さんという女性陣だ。よろしくね、と、軽い挨拶を交わす。

普段、おそらくは上品なお客様が静かに闊歩したりしているであろうホテルのロビーは、その時、あきらかに観光客とは呼べない不思議な日本人ばかりが集まった、ちょっと奇妙な異様な空間となってしまっていた。

中でも群を抜いて異様だったのは、さっきの僕の部屋で血走り深海魚目で電話をかけていたコーディネーター男であった。周囲がなごやかに談笑などしている中を手揉みをしながらうろうろと歩き廻るのだ。そして、「ああ遅れちゃう、予約してあるんだけどなあ、みんな早く行かないとまずいんだよなあ」「えっと……あの店はレ・アールの近くの商品取引所の前で、で、えっと、んっと、ブツブツ……」と、つぶやきにしては大きな声を出しながら、淀んだ視線を我々に投げかける。上着がずいぶん窮屈そうで、そのわりにはゆったりとした、いや、し過ぎている、つまりダブダブのジーンズらしきものを腹のあたりで布製ベルトでとめ、重そうなショルダー・バッグを肩にくいこませ、猫背、というかひどく首をすぼませた、ちょうど亀が首をすぼませたときのような格好で、ドクトクなオーラをふりまきつつ、「ああ、もう、早くしないと、あの、その……」とブツブツを続けるのだった。この男が、今回のパリ撮影旅行のキー・マンになろうとは、もちろんこの時はまだ知るよしもなかった。

「じゃあ、今夜は早速ですが、スタッフ全員の顔合わせを兼ねて、一緒に食事を、ということなんで」

総仕切り役・山口君の言葉に促されて、ぞろぞろワイワイとホテルを出た僕たちは、

「レ・アールの近くの商品取引所の前」の例の店へと連れられて行った。そこでのフォアグラのソテーは、旅の疲れを癒すには充分な美味しさではあったけれど、なんだかこの先どうなることやら的くたびれ感覚は、ワインの酔いをもってしてもいっこうに消える気配を見せなかった。

（つづく、ぞ）

フランスの想い出　2

夕暮れにさしかかったパリの街は、随分と気持ちの良いものだった。撮影初日の今日は少し遅めに起き出して、まずは市街での撮影。ほぼ予定通りにシューティングを終了し、あとはホテルの部屋に戻って浴室内でのリップ・シンクのシーンを撮るだけだ。僕たち撮影隊の一行は、次のスケジュールまでのわずかな時間を街角のカフェで過ごすことにした。みんな言葉少なにぼんやりとその街並に視線を預けていた。

天気は上々。来る前は、すっかり秋に違いないと思っていた僕だったが、実は汗ばむほどの暖かさ。もちろん今後、駆け足で涼しく、やがては寒く感じるようになるのだろうけど、予想外のこの暖かさは、何ともいい感じ、なのであります。時計の針は午後四時を少しまわったところ。こうしてスタッフ達とともにカフェで軽い食事をしながら休んでいると、ビールの酔いも手伝って、気分はどんどん解放されていく。決して静かとはいえないが、どこか落ち着きを感じさせる街並。そして道往く人々、これがいい。フランス色々な人種、肌の色も髪の色も背格好も様々だけど、み〜んな生活感がある。フランス人なのだなあ、と、当たり前のことをつくづく感じてしまう。隣に座っているマネージャーSが、フワワワッとだらしないアクビ。と、目ざとくそれを見つけたスタイリストのナカちゃんが言う。

「無理もないやね、東京じゃ今、夜中の一二時過ぎなんだから」

一日のスケジュールを終え、ようやく食事タイムを迎えることができたのは、夜九時だった。今夜はイナチャ。つまり、中華料理。う〜む、おいしいカニを食べるゾ、と、少々力が入ってしまうワタシ。レストランに向かう車中で、東京では考えられない「食欲」に驚きつつ、そういえば昨夜のフォアグラも美味しかったな、と、口の中によみがえるその味をかみしめる。

それにしてもタイヘンな騒ぎだった。パリ到着早々、顔合わせを兼ねたスタッフ全員の食事会。非常に解読困難なフランス語のメニューにみな四苦八苦で、多人数だったせいもあって、オーダーにひどく手間取ってしまったのだった。スタッフの中には、メニューを手にしてから約二〇分間、じっとそれを見据えたまま微動だにしなかった者もいたくらいだ。それでも僕は、メニューからおおよその料理の見当はついたし、細かい内容はパリ在住のスタイリスト・かな子ちゃんがフォローしてくれたので比較的早く決めることができた。僕たちのテーブルが一番にオーダーを始めると、左となりのテーブルでは、あのお母さん顔コーディネーター・マツモト青年のわりと適切なアドバイスで

「とにかくまとめて大皿をいくつか頼んでみんなでつまもう」案がまとまりつつあるようだった。マネージャーSの「カキないの？　カキ食べようよ」「フォアグラ？　いいねいいね」という声が聞こえる。ああ、ようやく食事ができるかとタメ息をつく僕の、今度は右となりから、「えっと、それはですねえ、あの、え〜……」という曇った声が聞こえてきた。もうひとりのコーディネーター、例の血走り深海魚目の男がメニューの説明をしているのだった。が、まわりのスタッフは誰も声を出さない。血走り目男の説明は要領を得ず、僕が聞いてもあきらかに間違った解釈をしていたり、直接は関係のないウンチクを得々と披露したりと、周囲をイラつかせるには充分なものだった。それでもなお、彼は延々と説明を続ける。結局、料理が運ばれる頃には、熱血カメラマン三浦氏のアシスタントのマルちゃんは、深い眠りに入ってしまっていた。

食事が終わり、一同が店の外に出たところで、血走り目男は初めて自分の名前を言った。サトウです、と男は言った。マネージャーSが「あ、僕と同じ苗字ですね」と言うと、男はブ厚い唇をだらしなくうごめかして言った。

「名前はジュン。ジュンちゃん、て呼んでください」

撮影二日目、早朝、ホテルをチェック・アウトする。きょう、そして明日にかけては、ノルマンディ地方、ドーヴィルが撮影の舞台となる。集合場所であるホテルの向い側のカフェに入ると、寝不足気味のスタッフたちがほぼ全員顔を揃えており、僕はテ・オ・レを一杯いただきたいと注文すると、タバコに火を点けた。

ふと、奥の席に目をやると、ひとりの老人が所在なさげに座っている。「きょうの撮影に出演していただくMonsieur Pomeranceです」と、お母さん顔のマツモト青年が紹介すると、彼はニコッと笑って立ち上がり、歩み寄り、右手をさしだした。僕は寝ぼけ顔をせいいっぱいつくろいながら握手を交わした。つらいことも多かったが、充実した人生だったよフローレンス、などと、きっと奥さんに語りかけたりしているのだろうなあと思わせる、フランス的哀愁漂う紳士だ。彼の奥さんがフローレンスかどうかは知らないけど。

「みなさん急ぎましょう。向こうで犬を待たせてるんで、九時までには着かないといけない」

カフェの中に曇った声が響く。血走り目コーディネーター、サトウジュンであった。またしても時間にとらわれている。せわせわせわせわとスタッフのいるテーブルのまわりをうろつく。が、誰ひとりとして立ち上がるものはいない。

「九時までに着かないとマズイ。犬が待ってるから……」

同じことを繰り返すサトウジュン、略してサトジュン。その言葉の裏にはおらおらおらおら、早くせんかい！という気持ちがこめられている。やれやれ、といった調子で立ち上がるスタッフたち。サトジュンは、それでもなお、機嫌悪そうに、せわしなくカフェの中をウロウロしている。

「何で、あんなにあせる必要があるんだろうね。イラつくよね」

カフェを出て、クルマへと向かう途中、熱血三浦氏にそう言うと、彼はあきらめともつかぬ笑いを浮かべながらこう言った。

「犬、待ってっから。ね。大事なんでしょ、犬」

東芝EMIの増沢氏が、「幸宏さんの乗る車はどれか」とサトジュンに聞く。数台の車に分乗してのノルマンディ行き、ならば少しでも楽な状態で現地まで送り届けたいという彼なりの配慮だろう。ところが、サトジュンはそんな増沢氏の考えを無視して、吐き捨てるようにこう言ったのだ。

「ああ、どれでも好きなのにしてください。とにかく急がなくちゃ。早く出発しないと」

増沢氏の顔が硬直していく。けれども彼も大人。すぐ気をとりなおして僕の方に振り返ると、じゃ、幸宏さん、こちらの車へどうぞ、と、ルノー・エスパスのドアを開けた。

フリー・ウェイに入って小一時間もした頃、僕たちの乗ったエスパスはガソリンを入れにスタンドに停車した。運転席から出たサトジュンが、あやうい手つきでガソリンを入れている。こちらでは、運転手が自らガソリンを入れるのが普通なのだという。邪魔者のいなくなった車内では、悪口大会が始まっていた。

「増沢君、さっきのはひどかったよね」

「ホント、あいつ何考えているんでしょうね」

助手席に座っていたマネージャーSが後ろに身を乗りだして言う。

「いや、基本的に勘違いしているところがあるんですよ。昨日配られたスタッフ・リスト見ました？　高橋幸宏のところが〈タレント〉ってなってるんですから。幸宏さんのことを『なるほど！　ザ・ワールド』のレポーターかなんかと思ってるんじゃないスかね」

実際、あの男は僕のことをよく知らないようだった。今回の撮影が何を目的にしているのか、も。

「ねえねえ、知ってました？　あの人、もう何日もジーンズはきかえてませんよ」

同乗したスタイリスト・ナカちゃんが言った。そういえば、僕たちがパリに着いて三日目、ダブダブのニオイたつようなジーンズは、最初に会った時から変わっていない！　そうなのだ。あの風采《ふうさい》のあがらない、汚い格好。美的感覚のカケラもないあんな奴に、僕の美しくてカッコいいヴィデオ・クリップを撮るためのコーディネーターがつとまるわけないじゃないのよ！って、なんでオカマ口調になってしまうんだ。ああ、もうただ感情的になってしまっている。

しばらくしてサトジュンが車内に戻ってきた。お待たせしました、のひとこともない。

「サトウさん、あの……」

マネージャーSがなにか聞きたげにサトジュンに話しかけた。サトジュンは応えた。

「ああ?」

文章ではわかりづらいが、ひどくぞんざいな応え方だった。ふたつめの「あ」を大きく荒らげて言うと近いかもしれない。

「ああ?ってことはないだろう、ああ?ってことは」

Sの表情がこわばり、急速にイラつき始めるのがわかった。車内中に怒りを充満させながら、走るエスパス。そしてそれから数時間後、ついに僕の怒りが爆発するのである。

（まだ、つづく、ぞ）

フランスの想い出　3（番外編）

うれしい！　やっと終わったんだもんね。レコーディングですよレコーディング。一〇月初めにロンドンから帰って来てから、それ以降もずっと続けていた新しいアルバムのレコーディングが、ついに終わったのです。もう一回言っちゃおう。うれぴー！……ちょっとはしゃぎすぎだな。反省。

でもねえ、想えば『クリスマス・デイ・イン・ザ・ネクスト・ライフ』の録音開始が今年の六月半ば頃だったから、かれこれ五カ月くらいはやっていたことになるわけで、我ながらよく頑張ったと、まあ、自画自賛してしまうわけです。ホント、エライな、僕って。

この五カ月のあいだに使ったスタジオは、TOKYO—LONDON合わせて実に九カ所。やっぱり地味で根気のいる仕事なのですよね。レコード創りというのは。しかし、そのかいあって、実にみのりの多いレコーディングでありました。振り返ってみると……なんかこう、うれしいんでございーヤス。

閑話休題。

おフランスの想い出、でございやした。そうそう、前二回の原稿を読み返してみたら、なぜ僕がフランスに行ったのかっつーことをちゃんとご説明していなかったことに気がついた。えー、もう知っている方もたくさんいらっしゃるとは思いますが、これは僕のオリジナル・ヴィデオの撮影のため、だったのですね。で、登場人物をここでもう一度おさらいしておくと、まずは僕、高橋幸宏がいるわけでして、そこに金魚のフンのようにつきまとうマネージャーSがいると。ヴィデオの全体の総監修とでもいう立場のアート・ディレクターの信藤三雄氏がいて、現場の監督が山口保幸氏、そして撮影監督の熱血カメラマンの三浦憲治氏、さらに現地のコーディネーターにまるでお母さんのような目をもつ松本春崇君と、もうひとり、これが今回の陰の主役ともいうべき驚異のキャラクター佐藤純氏、略してサトジュンというのがいる、と、こんなところが主な出演者、ということになりますか。確か前回では、ドーヴィルに向かう車中で、ワタクシのサトジュンに対する一触即発怒り爆発ファイト一発一歩手前！というところで終わったのだった。が、しかし、なのです。あれからすでに数カ月。時が経つのと足を揃えて、記憶の方もだんだんと薄れてしまっているこの悲しさよ。なんだかひとつひとつの場面がボンヤリしてきちゃいまして、どうにも筆進まずなんでございーヤス。弱っちゃってるんでございーヤス。

しかしなんですよ。話は変わるけど、今年ももう終わりなんですよねえ。色々あったにしても一年なんてアッという間だなあ。いや、何も話をそらしてごまかしているわけじゃありませんよ。あ、そうだ、この原稿が世に出る頃にはとっくに終わっちゃってることですけど、クリスマス、どうでした？　いや、まあどうだろうと関係のないことですが、アタシャ、今年もスタジオでね、ちわきまゆみ嬢のプロデュースなんぞをやってまして。おまけに今のところお正月の予定もたっていないというまことにハッピーな状況でして、どうせ年末ギリギリまで仕事があるんだろうし、今から何かを計画するっていってもなあ、と、ひとり落ちこむ風の寒さよ……などとわけのわからないことを言っておりますが、そうでしたね、フランスの想い出でした。しかし、困った。まいったなあ。どうもあの時の感じが今ひとつパーッとリアルによみがえってこないんだよなあ。困った困った、と思いつつ、僕はオフィスへと向かった。なにかしら手がかりとなるものはないだろうか。

「Sちゃーん、原稿書けないんだよーん」

僕は犬なで声で言った。本当は猫なで声というところだが、猫派か犬派かと問われれば、絶対的に犬派！を自認している僕の場合はあくまでも犬なで声だ。

「いや、まずいッスよ。今月は年末進行で、締めきり厳守なんスから」

マネージャーSの声は冷たかった。どこかで人を見下したような視線、口ぶりだ。ここで怒ってはいけない。

「なんかさあ、手がかりがほしいんだよね。パリのこと、覚えてない？　Sちゃん」

懇願する僕を見て、Sが一瞬、フッ、と、鼻で笑ったのを僕は見逃さなかった。怒りがグイグイと盛り上がってきたが、それでもじっと我慢した。

「こんなもんで良かったら、どうぞ」

そう言いながら、Sは僕に一冊の大学ノートを渡してよこした。それはなんと、日記もどきの覚え書きだったのである。

「Sちゃん、君はエライ。とーってもエライ。さっそく見せていただいちゃおうっと」

わざと喜びをオーバーに表現しているというのに、Sはそれに目もくれず、他のスタッフと談笑している。僕は黙ってオフィスをあとにした。
S、覚えておきたまえよ。原稿ができあがったアカツキには……そういやあ、我が社のボーナスももうすぐだったよな。わかってるのか、S。
……冗談だよ。ま、しかたがないんですね。家に戻った僕は、くやしさをビールにまぎらわせつつ、そのマネージャーSの覚え書きとやらを読んでみることにした。

「**九月×日**　ドーヴィルにて撮影。海沿いの店でクスクスを食べたあと、超遠浅の海岸でウミネコを交えたシーン撮影。幸宏さんは黒いスーツにネクタイ、純白のコート（なんと、アルマーニ！）というようないでたちで、なにやら広告代理店の営業マンのよう。超アップのカメラが段々とひいていくと、実はチョンマゲ姿の幸宏さんが！という爆笑もののシーンも撮影されたが、実際に使用されるかどうかは不明」

何か、事実と反するところがあるような気がする。ま、いいか。

「**九月×日**　幸宏さん、終日ＯＦＦ。一緒にパリ市内を歩く。数日後の撮影に使用される予定の衣装探しも兼ねてのショッピング。買物に夢中になっていて、途中、一瞬だけ幸宏さんを見失うが、すぐに発見することができた。やはりパリの街でも幸宏さんの存在感は大きい。一般の日本人観光客とは一線を画した、しかし欧米人とも異なる独特の存在感。強いてあげるならば、……アラブ系かな」

好き勝手なこと書いてあるなぁ。誰がアラブ人だって？

「**九月×日**　エッフェル塔をバックに、あらゆる国、あらゆる世代の女性たちにインタヴューする、という撮影。結局、全部で五〇人近くの女性たちがカメラにおさまったが、なかでも今年八十ン歳になっているという見るからに生粋のパリッ娘という感じのカワイイお婆ちゃんは、ちょうどこの撮影の前の晩に自分が日本に行く夢をみた、と、興奮して話してくれるのだった。たまたま偶然近くを通りかかったところを呼び止めて出演してもらったというのに。やはり、偶然は必然か」

「**九月×日**　サン・ラザール駅を舞台に、隠し撮り強行ゲリラ撮影を敢行。パリは撮影許可を取るのがやたらと面倒で、またどんなところでも許可なしではイカンのだという。

どんなに許可を取るのが難しいところでも、大金をもってすればどうにでもなる、という説もあるが、「普通の」撮影をするのにどうして金を使う必要があるのか。隠し撮りでいこうじゃないか、となった次第。しかしやはり構内に一歩足を踏み入れた瞬間から、撮影隊一同は言いようのない緊張感に包まれた。良いタイミングを狙って、しばらくのあいだカフェに待機。無駄なく撮影できるよう、入念な打合わせが交わされる。時間が来た。いざ撮影開始というその段になって、なんとコーディネーター男サトジュンが行方不明になる。本当にまったく使えないやつだ」

ああ、そんなこともあった。

「**九月×日** スタジオにて、浴槽にうずくまる幸宏さんを撮影。ワイシャツにネクタイ姿、しかし、下半身は海水パンツという格好は、どこか悲しい」

何を書いてるんだ。ワイシャツにネクタイで下半身海パン？　いつどこでそんな格好をしたっていうんだ。したんだったかなあ？

やっぱり駄目だ。正確な資料を要求した私がバカだった。ううむ。自分で書くしかないな。なんとなくあの頃のことがよみがえってきたような気もする。そうだ、あのドーヴィルに向かう車の中だ。俺はあの時怒っていたのだ。あの時を思い出すと、もう僕とか私などと言っていられないのだ。俺はあの怒りをもう一度原稿用紙にぶっつけるゾッ。と思ったが、今回は紙数が尽きてしまいました。よおし、次号では、必ずや復活させるぞフランスの想い出パート4なのだ。
でも次は来年になっちゃうね、ゴメン。

（多分、つづく）

フランスの想い出―4

今、僕はヴィデオを見ながら原稿を書いている。うちのマネージャーSが、パリ滞在中に仕事そっちのけで撮りまくっていた8ミリ・ヴィデオだ。パリ行きからもう三カ月以上も経って、さすがに記憶はうすれ、仕方なくこれを参考に記憶を戻そうとしているわけなのだが……あいつの撮ったものといえば、まあ、パリの街並はいいとしても、なんかやたらと女の娘ばかりが映っていて。そうか、アイツ、人に仕事をさせておいてこんなことやっていたのか。リモコンの早送りキイを押しつつ先に進めてみる。と、おっ、これは最終日、打ち上げの風景だ。かつて電話局だった建物を改造して作られたというレストラン、テレグラフ。高い天井や広い店内、真鍮の手摺りや赤銅色の柱がその前身と歴史を感じさせる。ううん、それにしてもそこに集まったスタッフたちは、みないい顔しているなあ。大変な仕事を終えた充実感のようなものが、それぞれの表情にみなぎっている。みんな僕の知らないところでも、文字通り必死に頑張ってくれたのだ。一〇日間の撮影期間での平均睡眠時間は、ほとんど視力検査並みだったというし。……ずっと奥の席で、なんかやたらと大きい頭で得意そうにしゃべっているのは……うっ、あいつか。血走り目コーディネーター・サトジュン。しまりのない唇。においたつような頭髪。なんだか知らないけど無性に腹がたってきたぞ。そうだった。あの時俺は怒っていたのだ。

その日パリから車で二時間半ほどのドーヴィルの海岸に着いた僕たち一行は、とるものもとりあえず早速撮影に入った。とはいっても、僕の出演シーンはその日の予定に含まれていなかったから、しばらく撮影隊につきあったあと、東芝EMIの増沢君とマネージャーSとともに、ひと足先にホテルに帰ることにした。

ドーヴィルの海岸は、あのクロード・ルルーシュ監督の映画『男と女』を観て以来、一度は訪れてみたいと思っていた場所。それが、同じように自分の映像作品の撮影で来ることができたことに、僕はちょっとおセンチになっていた。実際、ドーヴィルの海岸は素晴らしかった。九月の半ばということもあって人気《ひとけ》もまばら。夏はすっかり終わってしまった、といった風情のそのどこまでも続く白い砂の遠浅海岸。ほんの少し胸がキュンとして、なんだかうれしい気持ちに満たされてしまったのだった。

しばらくのあいだ、僕の部屋でなごんでいた三人であったが、日も沈み、そろそろスタッフも戻る頃じゃないか、と、ロビーに降りてみると、少しして本日の主役の

Pomerance氏が戻ってきた。彼の運転手とコーディネーターの松本君も一緒だったが、彼を送りとどけるとすぐに他のスタッフのところへ行く、と言って消えてしまった。Pomerance氏は所在なげに立ちつくすばかり。見ると撮影のせいか足もとはビショ濡れだ。「着替えはどこでしたら良いのか？」と彼は言っているようだった、が、それは僕たちにもどうしたら良いかわからないのだ。おまけに英語がまったく通じない。気の毒なのと同時に無性に腹がたってきた。なんという段取りの悪さ。とりあえず彼にはロビーのソファに座っていただき、ケーキなどを注文して、なんとかご機嫌をとりつつ、他のスタッフが帰るのを待つことにした。この時までのサトジュンの、コーディネーターとしての、いや、それ以前にひとりの人間としての不充分な対応に、ふつふつと怒りが湧いてきた。

数時間が過ぎていた。スタッフたちが疲れた足どりで戻ってきた。サトジュンの姿を見つけると、僕はソファから立ち上がって言った。

「サトーさん、あのね‼」

そこにいた皆がいっせいに僕を見る。自分でも予想外の大きな声を出してしまった。

「やることをちゃんとやってくれないと困るんですよ。あなたはやっているつもりかも知れないけど、何にも仕切れていない。あなたの部下も含めて、いったいどういうつもりなんですか！」

はっきりした記憶ではないが、多分、そういうようなことを言ったと思う。イラついていた。サトジュンの出方次第では、自分がこの後どういう行動をとるかも予想がつかなかった。が、その時のサトジュンの、「申し訳ありません。いや、あの、その……、ブツブツ……」という要領の悪い返答を聞いているうちに〝この男に何を言っても駄目だ〟という気持ちの方が強くなり、僕は「とにかくちゃんとやってくださいよ」と言うと、きびすを返して自分の部屋に向かった。

ことさら、あらためて言うことでもないが、僕は自分の役目をキチンとやっている人の、その仕事姿というのがとても好きだ。どんな地味な仕事でも、ちゃあんとやっているのはカッコイイと思う。逆に言えば、自分の役割を果たさず、それに気付かず、不満ばかりを口にするようなものは、どうもいけない。大抵の場合、声を荒らげることなどない僕ではあるが、その時までのサトジュンは、あまりにも仕切りが悪すぎ、それを棚にあげてブツブツ文句を言い過ぎた。部屋に向かう僕の後をマネージャーSがあわてて追いかけて来て、「今夜スタッフ全員集めてミーティングします。サトジュンには僕の方からもよく言っておきますので」と言った。

あくる日。周囲のスタッフたちに、なごやかな中にもなんとはなしの緊張感が漂っているのがわかる。サトジュンも、彼なりに気をつかっている様子だ。が、美しいドーヴィルの海岸を、ダブダブの煮しめたようなジーンズで、その裾をまくり革靴で歩く姿を見て、僕はひどく気がふさいでしまったのだった。

ドーヴィルからパリ市内に戻ってからも、こんなことがあった。その日はエッフェル塔をバックに、何十人ものパリの女性たちが入れ替わり立ち替わり登場するという撮影だったのだが、案の定サトジュンが用意したのはほんの数人で、多くの女性をその場で調達しなければならない。つまりナンパだ。ホテルから車でおよそ一〇分、エッフェル塔がその姿態を堂々と直立させた静かな公園に、撮影隊は、いた。サトジュンは、猪か熊のような雰囲気で、周辺をせわしなく動きまわっている。近くを通る女性たちに声をかけてまわっているのだ。が、彼のその時着ていた上着は、工事現場で現場監督さんが着るような、深いカーキ色をした作業用のジャンパー（ボア付き）だった。はいているのは、もちろん、あのくたびれたダブダブジーンズだ。カメラマン三浦氏が、いたずらっぽい笑みをうかべつつ、説明してくれたところによると、「あれね、サトジュンの友だちがくれたんだって。自慢してたよ」ということらしい。見ると胸には「浅野工務店」という名前がくっきりと刺繍されている。ことわっておくが、僕は作業用のジャンパー（ボア付き）やそれを着る人を馬鹿にするつもりはない。けれども、今回のこの撮影は、いかにカッコイイ映像を収めることができるか、が大前提であったし、そのためにパリという場所を選び、スタッフもそのつもりで必死の努力を重ねているのだ。求めるもののイメージを壊すような要素を極力省くのが物作りの基本だとするならば、その仕事のある意味で中核に位置するスタッフであるサトジュンのそれは、僕たちにケンカを売っているようなものなのだ。それでなくても人相の悪い男が、そんな格好で少女のあとをつきまとう様は、まさに変質者という感じだ。

「サトーさん、あのお婆ちゃんどうかな」

熱血三浦氏が、近くのお婆ちゃんを指差し、ファインダーの中に収めたいと、サトジュンに指示する。サトジュンがお婆ちゃんに近づく。だが、警戒したお婆ちゃんは、避けて違う方向に歩いていく。

「アタシ、ちょっと行ってきます！」

見かねたスタイリストのナカちゃんが、飛んでいき、サトジュンとともに説得を始めた。といっても彼女はフランス語がしゃべれるわけではない。が、しばらくするとお婆ちゃんとナカちゃんは、にこやかな表情でこちらにやってきた。ズルズルとだらしない足取りでそれに続くサトジュン。小柄なナカちゃんが、実に頼もしい。無事撮影を終えたお婆ちゃんを見送った後、ナカちゃんは僕たちのそばに来て言った。「あのお婆ちゃん、昨日、日本に行った夢をみたんですって。何か運命的なものを感じるって驚いてました。……それにしても、サトーさんには困っちゃいますよ。お婆ちゃんが一生懸命しゃべって、私が何て言っているんですか？ってサトーさんに聞いたら、逆に、何て言ってるんですか？って私に聞くんですよォ」

『A LA VIE PROCHAINE』と題された今回のヴィデオは、僕が今まで創ったものの中で最も好きなものだ。いろいろなところで無理を言い、我慢を重ねてもらったスタッフの人たちには本当に頭が下がる思いだ。眼前の8ミリ・ヴィデオは、打ち上げ後の、ホテルの僕の部屋での二次会の模様を映しだしている。あらためてお礼をいいたい。すべてスタッフのおかげだものね。あ、ありゃ、信藤さんがなんか変なことを始めたぞ。うわ、なんてことを。ううん、この状況を原稿に書きたいけれど、紙数が尽きた。またの機会に譲るとしよう。それにしても、信藤さん、ひどい。やめてぇ、やめてくれぇ……。

普通の毎日

○月×日

けっこう遅い時間に目がさめた。時計の針は、もう昼をまわっている。

昨夜はちょっと飲みすぎたかなぁ、などと思いつつ、冷蔵庫から〝どこどこの名水〟みたいなやつをとり出す。ま、つまり水だ。グラスについで飲む、と、これがまたハッキリ言っておいしい。思わずウウ～ムとうなってしまう。ごく軽い二日酔い状態なので食欲はない。シャワーでも浴びるか。確か今日は夕方に事務所に行けば良い筈だ。つまり、ゆっくり、のんびりだ。うれしいじゃあーりませんか。今週はそれほど忙しくスケジュールがぎっしりってわけでもない。たまにゃーこういう時もあっていいのよね、と、ひとりニンマリする。人が見てたら、相当気持ち悪い図だと思う。あ、でもそのあいだに引越しの準備をしなきゃ。そうか。それがあったな。ま、いいか。それはそれで大変だけど、今はのんびりしよう……。シャワーを浴びようとバスルームに行くまで、それだけのことを考えた。

仕事がら、朝七時三〇分にキチッと起きて五五分にはシャワーを浴び終え、八時一〇分には食卓にて軽い朝食をとり、その日のスーツを選び、タイを結び、上着をはおりながら二七分には家を出てキリリと会社に向かう――というような生活ではないし、かといって「俺ァ一生ロックンローラーよ」などと、年がいもなく朝昼夜関係なしの、好きなことやってりゃ幸せだもんね的ワイルド・ライフを過ごしているわけでもない、要するに、自分流の〝普通〟な毎日なのであって（あくまでも自分にとって、だが）、それほど毎日がドラマティックなわけではない。

二時か三時頃だっただろうか。テレビをつけながら片手にはちみつレモン、煙草ふかして何を考えるでもなくボーッとしていた時だった。〝プルルルルッ……〟。ふいにマンションの入口のオート・ロックの呼び出し音がした。備付けのＴＶモニターに、訪ねて来た人の様子が映し出されるが、それには気にもとめずインター・フォンの受話器をとった。

「ハイッ、どちら様ですか？」

「〇〇社の△△と申しますが、お休み中に申しわけありません。ちょっとおたずねしたいことがあるのですが……」

男であった。一体何だろうと思った。そもそもいきなり知らない人が我家を訪ねてくることが初めてだったし、おまけに次に言ったセリフがこうだ。

「あの、失礼ですが高橋サンですか？　高橋幸宏サンですよね」

「はあ、はいそうですが……」

「実は最近Kさん（女性週刊誌っぽい言い方。これはホントは実名だったのだ）と、よく青山、赤坂あたりでご一緒のところをいろいろな方に目撃されているようなんですけどねえ、ホントのところは……？」

　これでアタシャァ事態がのみこめたね。しかし、こいつぁ何を言ってるんだろう。そもそも、どこの誰がありもしないそれを目撃してそんなウワサをしてるってんだ。それにこの手の雑誌のその手の記事に必ず登場する「青山、赤坂、六本木あたり」っていうのもなあ、あまりにもちょっと。大体、いまどき赤坂はないでしょ、赤坂は（笑）。いや、そういう人もいることはいるだろうけど。それにしてもインター・フォン越しに聞くことじゃあない。こういう手合いにはまったく困ったものだ。イヤだなあと思った。何をどう答えたって、どうせその通り書きゃしないんだろう。それでも僕は一応、彼の質問に答え、あなたの言っていることは事実とは全然違うのですよ、といったようなことを丁寧に説明してしまった。あとで考えりゃバカバカしい話だけど、その突然の来訪者が来るまでののんびりした落ちついた気分のせいもあってか、なんとなく受け答えしてしまったのだった。丁寧に。

あ〜、くだらない。人生の一秒一分ってものは、もっと繊細なものだぞ。そういうことに時間を費してしまったことを本当に後悔し、同時にそうさせた週刊誌の記者を心からうらめしく思った。まったく無駄な時間だった。それからしばらくの間は機嫌が悪くなり、なんだか大切なひとときをもぎとられてしまったような気分で、同じ次元で考えるのはくだらないとわかってはいても、どうにもフンマンヤルカタナイ、のココロは拭いようがなかった。アタマにキた。帰りの際の奴の言葉がよみがえる。

「お休みの時に、いきなり失礼しました」だと⁉　バカヤロー。

△月△日

引っ越しだ。入居してから数年間、ごくごく清潔に、神経質すぎると思うくらいにこぎれいに住んでいたつもりだったけれど、殺風景に思っていたこの部屋にも、こうして見ると何だかんだと多くの物があることに気がついた。あれもこれも持って行こうなんて考えてるとキリがない。あんまり引っ越しの経験がないもので、事務所の連中にも相談して、よくある大手の引っ越しセンターの、いわゆる〝何でもおまかせラクラク・パック〟のよーなものを頼むことにした。ところが、たかが引っ越し屋と思ったら大間違い。その仕事はいくつにも細分化されており、そのそれぞれが独立した形をとっているという。社名は同じなのだから、打ち合わせは一回で済むと思っていたのだが、引っ越し先の掃除、当日の引っ越しの段取り、引っ越した後の掃除、さらに今回の引っ越し先は僕が自分で購入した一戸建てなので外装のクリーニングもお願いしたのだけれど、これが内装のそれとは別。と、これらのすべての部署の担当といちいち打ち合わせしなければならないのだ。いや、大変なのなんのって。

そして今日はついに荷物を運び出し、そして行く先に入れなければならない日だ。つまり世の中でいう引っ越しの日なのだ。打ち合わせ通りに朝九時に業者が来る。いや、正確には八時四五分。

「××引っ越しセンターの者ですが、よろしいでしょうか」

もちろん、こちらは「ハイッ」と応える。玄関ドアを開けたと思ったら、アレヨアレヨというまに男性三人、女性一人が入って来て、世間話もないうちに、早速お仕事開始。なんとも事務的である。こちとらどうしてよいのかわからない。そのうちあちこちから、「お客さ〜ん、これはこのままお詰めするんでしょーか?」「お客さ〜ん、これ、外して持って行きますかぁ?」なんて声が飛び、その度に「え〜と、それは捨てちゃっていいです」なんて言ってみたりするのであったが、なんかまいっちゃうのである。〝全部まかしちゃえばいいの、自分ではな〜んにもしなくていいんだから〟と聞いていたのだが、これじゃかえってシンドイ。落ちつかない。不安になってしまう。アレについてはもうちょっと考えてみたい。コレとコレは一緒に詰めて欲しい。服はそうやってたたむんじゃないのッ、みたいなことが頭の中を駆け巡ってるうちに、一番年配の方が話しかけてくる。「お客さん、随分服がいっぱいあるねぇ。これじゃ洋服屋さんができるよ」

いやー、実はホントに洋服の仕事をしていた時期もあったんですけど……。

「オレなんて、背広はイッチョーラで充分。お客さんも始末する時ゃ、しなきゃ、じゃないとタマる一方よ。あ、コレこのまま詰めちゃいますよ」

本人は社交辞令のつもりなのだろうが。こちらには考える時間は与えられないのである。

「行く先の地図書きましょーか。それとも僕も車だから、後について来ます？」

「イヤー、積み込み終わったら昼メシ行きますから。住所わかってますんで、現地に一時ということで、それじゃ！」

ナ〜ンニもなくなった後に、ひとり残された僕。淋しい気持ち。現在一一時半。一時までの間、どうしたらいいのだろう。ここで時間をつぶすとしても、先に向こうに行ったとしても、ガランとした家では同じことだ。

一時きっかりに引っ越し先に着いてみると、すでにもう皆さんご到着で、慌てて急かされるように玄関の鍵を開ける。と、僕が何か言うかどうかはおかまいなしに荷物が運び入れられてゆく。さらに、さっきまではいなかった新顔の女性が二人。お掃除要員のその女性たちは、こりゃ間違いなくパートのお母さんたちだ。〝エプロン・サービスですっ〟と言うやいなや、早速、荷をほどいてゆくのだった。さっきと同じように「お客さ〜ん、これは何階に運びますぅ」「お客さ〜ん、冬物の服と夏物は分けておきますよォ」などといった声が乱れ飛ぶ中、僕もまた同じように「え〜と、あの……」をくり返していた。いやはや疲れた。運び専門セクションの方がお勘定を済ませてお帰りになる際、「あとは残りの者がやりますので、なんなりとおっしゃってください」と言い残してはくれたが、その残ったオバサン二人も時計の針が三時をさすと、途端に、「それでは本日はありがとうございました。これにて帰らせていただきます」と、ご丁寧な挨拶とともにお帰りになり……。

脱力感とともに、結局ゼーンブ自分でやんなきゃなんない、これからどーしよー、と途方にくれる僕なのだった。こんなことなら、運搬だけを頼んで、あとは自分でやった方がよかった。気イ遣っただけ損した。それにしてもなんであんなに事務的なんだろう。来週また、家の外装の掃除に来るんだよなあ……。

ポジティブで行こう

僕自身の、これはひとつの欠点ともいえることなのだが。僕にはどうも物ごとを悪い方悪い方へとネガティブにとらえる、そんなクセがある。周囲の人間にとってはさほどでもないことを必要以上に個人的な悩みの素材として取り入れてしまう。もっと極端な場合には、僕以外の人にとってはとても良いことと思えることを、自分にとってすごく悪いこと、辛いことと思ってしまったりもするのです。

とは言っても、その時その時で、自分なりに悪くとらえる「理由」のようなものはあったりするわけで。

たとえば今、あるひとつのプロジェクトが進行しつつある。それは非常に大きな仕事で、その全体のプロデュースを僕がまかされた、とする。確かに大変な仕事ではあるけれど、一般的には経済的にも恵まれたいわゆるとってもいい仕事で、スタッフたちも大ノリ、自分の気持ち次第でやりがいのあるものになるに違いない、と想われる。けれども。

僕の気持ちは前に進もうとしない。「やりたくないなァ」と思ってしまう。そのウラにあるのは、「僕はきっと、皆が思う以上にうまくやれる筈だ。が、今回は失敗する確率が高いのではないか」というようななんとはなしのオソレのようなもの。「だって今ちょっと体調が悪い」し、「他の仕事も重なっていて時間がない。もう少し整理してからの方が」いいのじゃないか。なんてことを考えているうちに、それが次第に不安と恐怖へとふくらんで行ってしまう、と、こういうわけなのだ。

ま、しかし、この「理由」というのも、他人が聞けば単なる「いいわけ」という風にしかとってもらえないかも知れないし。要するにこれは自分のエゴ、なのだろう。

これではいけない。

物事を前向きに考える。これは、生きていく上で、ホントに大切なこと。誰しもが心がけるべきこと。特に僕のようなタイプは。

もっと未来に向かって楽しく考えなきゃ。自分のエゴを持つということの、それ自体はまた別の意味で大事なことではあるけれど、そのおかげで悪い方へと導き、心を追いつめ、辛い辛いと叫んで、最後には自らの命を断つ、なんてことになったら一番始末が悪いわけで、第一そんなことカッコ悪いったらないやね、と、江戸っ子は声を大にするのである。自分で死んじゃうのって、「俺ァ、エゴイストだ。おまけに勘違いの耽美派気どりの唐変木だい」って言っているようなもの。

それはわかっているのだが、たまにアブない方向に行きかけたりしちゃうから、まだまだ修行が足りない。

さて、世の中がこれほど混沌としてまいりますと、人間にはどうしても色々な不安がつきまとうものです。それが具体的な社会問題を原因としている場合などはまだ良いのですが、……いや、良くないな。良くないですよ。でもね。国際問題を深刻に考えすぎて経済摩擦《まさつ》をどうしようかと考えたらいてもたってもいられない、という人は、そう多くはないでしょう。日本の政治は自公民社あたりではどうしようもならぬと、毎晩不眠症になっている人というのも、まあよほど他に悩みがないか、特別な職業の方ではないかと思います。とはいえ、TVのインタビューなどで〝現在のアメリカ大統領は？〟なんて質問に、「エエッ、何だっけ、誰だっけ、ウッソー、ワカンナーイ。レーガン⁉」などとのたまう六本木あたりの頭の悪そうなおねーちゃんも困りものですけどね。見てるこっちが不安になってくる。

社会的な問題について鈍感にあらず、さらにまた無関心でなく、というのは、現代社会を構成する人間としては当然のことですからね。ただ、ここでの僕のいう不安というのは、もう少し抽象的なヤツをさします。

漠然としていて、な～んか落ちつかないようなヤツ。よくあるじゃないですか、ウサンくさいどっかのおっつあんが予言したナントカ、みたいなの。一九××年に世界は崩壊、消滅する、とかいうの。そう。終末論とかいうヤツです。

日本なんかに住んでると、おおかたはなまじっか平和に暮らしてる、なんて思っちゃってるもんだから、それを侵害されたくないという気持ちが強くあるんですね。で、余計に恐ろしくなっちゃう。ところがおかしなことにその漠然とした恐怖感をもっと確かなものにしたいという気持ちが人々の中に芽生えてくる。本屋さんを見てください。TVを見てください。最近はやたらとUFOがとりあげられ、大地震説が囁かれ、環境破壊等による地球滅亡が唱えられていますよね。人々はそれらを見、聞きして、なんとなく安心しちゃうのです。で、学校や職場で友人の同僚に言うわけです。

「やっぱり残すところ、あと一〇年みたいだよ」

それって一番ヤバイ。

今、僕たちは世紀末に生きていて、何か世紀末っていうと特別な時期みたいな言われ方をされるけど、考えてみればこれは単なる西暦というある種の順番・記号でしょ。それらにとらわれるのは、何かちょっと変じゃないかと思うのです。でも、これまでの世紀末には、非常に「世紀末的な現象」がいつの時代にもあった、という説もあります。とんでもない事件や、あるいはおかしな（困った）世相・風俗なんてものが突如として起きるというのですね。しかし、私は断言します。

それは違う。

もし、そういう事実があったとしても、それはその時代の人々の不安が呼び込んだものなのです。ひとりひとりの人間が持っている「不安のパワー」が合体すると、それは邪悪なパワーとなって、良くないものを引き込んでしまう、と、横尾忠則さんは語っていましたが、僕もその意見には賛成です。前向きに、ポジティブな思考を持ってこそ、未来はあるのです。

ただ、そういった予言を今の社会状況と照らし合わせてひとつの警告ととるのは悪いことじゃない。まだいい状況のうちに、おのれをいましめ、反省し、改善していくなんてのもいいでしょう。だけど、いたずらにふりまわされて、世の中終わっちゃうんだもんねとあきらめちゃいけないんだな(大島渚調で)。

西暦が何らかの形で社会にくいこんでいるところでは、世紀末が大きな問題の時期らしい、ということ、そしてそれがあんまり意味がなさそうだということは、今触れたとおりですが、一〇〇年を周期として気分を一新したいという人間の気持ちも、まあ、わからないではない。しかも、今度僕たちが迎えようとしているのは千年周期としてもまさしくきりのよい二〇世紀末だったりするわけで、まあ不安もつのりますわね。でも、だからって今の世の中をぶっこわしちゃえばいいということにはつながるわけがない。でしょ?

大体さァ、アフリカやインドあたりの、末端の貧しい原地の人たちが、地球崩壊なんて言ってますかっての。今日、明日の食をどうしようかということで精一杯ですよ。国内の政治改革に燃えていて壁を壊している人に、「ねぇ、世界はもう終わりなんですよ」なんて言えないでしょ。考えることはそれ以前にもっともっとある筈なんですよねェ。

ところで近頃チマタでは、どうも大地震のウワサでもちきりのようですね。一説によれば、今年の七月っていうから、この原稿が掲載される頃には大変なことになってるかもしれない。ある僕の近しい人の説によれば、それはあくまで前兆で、本格的なのが秋頃くるとか。いやですねぇ。信じたくないですねぇ。ふりまわされたくないですねぇ。詳しい日時を知りたいですって？　いや、やめておきましょう。不確かな情報は混乱を招くだけですから。一応、その時期我が社は、社長（私です）命令で社員特別休暇をとることにしていますけど……。どうでぃ。

準備万端の落とし穴

突然思いたったのだった。よし、釣りに行くぞ！　レコーディングの終了を間近に控え、何故かぽっかりスケジュールが空いて明日は休み、というある夜のことだった。

まあ大体、僕の場合、釣りに行くことなんてことは、往々にして突然であることが多い。何日も前から、いつ、どこに、誰と行こうといった風に計画を練ってかかる、ということはそうあるものじゃない。僕の釣り仲間との釣行で、まれに何日も前から決めていたりする場合でも、たいていは前日くらいに「誰々が行けなくなったらしいからオレも今回はやめようと思う」なんて電話が入ったりするもので。それを聞いた自分も急に気乗りがしなくなっちゃったりして。そんなものなのだ。だが、僕が会長を務める東京鶴亀磯釣会の例会、これについては、そういうことは少なく、欠席率は低い。日頃なかなか会うことのできない仲間たちと、年に何度か顔をあわせることは、なかなかに楽しいことであるからだ。

僕の釣り好きは、自分で言うのも何だが有名である。釣りをテーマにした雑誌の取材なんかもよく受けたりする。僕が会長という要職を務める（しつこいか）東京鶴亀磯釣会というのは、磯釣り、それも石鯛釣りが専門。読者のほとんどはよく知らないし関心もないでしょう。しかしこの石鯛という魚、絶対量が少ないということもあり、なかなか釣れるもんじゃない。いやもう、ハッキリ言ってこの釣りは、とても過酷で辛く、キケンで険しく、そして崇高なエラーイ釣りなのである。思い入れが強い分、文章が感情的、断定的になっているなあ。つまり、この東京鶴亀磯釣会というのは、「めったにお目にかかれないこの魚を手中に収める喜びは何事にも換えられない！」とする、石鯛を神様と考える人たち、いや、連中の集まりなのである。

ところで僕は、自分で言うのも何だが神経質なところがある。このことは有名かどうかは知らない。雑誌の取材というのもないし。たとえば僕は昔から、部屋が散らかっている状態というのが耐えられない。気がつくと無意識にテーブルの上を拭いていたりする。男のくせに。ほっといてください。大ざっぱ、というのができないし、苦手だ。でも、この神経質というもの、時として自分の身体をいじめたりすることもあるから困る。胃がキリキリ痛んだり、夜眠れなくなっちゃったり、ってなこともまれではない。

基本的に、こと釣りに関しては、もうすべて手放しの、いきなり無邪気な小学生の様になってしまう僕ではあるが、その大切な釣りだからこそ、そのための準備は万全に、と考えてしまう。が、これはしかし僕の神経質さがプラスに作用しているということだから、胃が痛むなんてことも起こりようがないのだ。

さて、突然衝動的に釣行を決意した僕は早速考えをめぐらせた。ううむ。どこまで行こうか。今回は一人なのだ。危険なことは避けよう。やっぱり渡礁の必要のない地磯《じいそ》にしよう。それなら比較的安全だ。渡礁というのは船で沖の根、岩場に渡ること、地磯というのは陸続きで歩いて行ける磯のことをいう。東伊豆、富戸《ふと》か八幡野《やわたの》のあたりはどうだろう。うーんあの辺ならいいかもしれない。場荒れしているとはいえ、秋磯と言われてて秋に石鯛がよく出るところだ。今の時期ならまだ可能性がある。

いきなり具体的な地名を出されても、釣りをしない人にとっては何だかよくわからないだろうが、とりあえずそういう人は無視することにして話を進める。ここからは、釣り人だけがわかりあえる単語が続々登場しちゃうのだ。ひとつひとつ説明していたらきりがない。

時間は夜一一時を少しまわったところ。余裕だ。ちょっと仮眠をとってから行くことにしようか。イヤ、へたに眠り込んじゃって目がさめると朝だったり、なんてことになったら大変だ。すべておじゃんになっちゃって、一日中家でゴロゴロすごすことになったりしたら水の泡だ。釣りだけに、水の泡になっちまう、なんてウマイねどーも、……って落語口調になってどうする。……まあ少し早めに出発して、向こうに着いてから車の中で休んでりゃいいか。そうだ。そうしよう。

今後のスケジュールがまとまったところで、次は道具類の点検だ。リールはいつもの〈ペン〉の〈マグサーボ〉以外にも〈アブ〉の〈アンバサーダ1000C〉を持っていこう。これは一度故障してから使ってなかったけれど、過去に三キロ近い大物を何度かあげているリールだ。この間修理から戻ってきたばかりだし、久しぶりに登場願おう。取りだして手に持ってみると、いかにも大物の石鯛を巻き込むような雰囲気がある。ずしりとしたその重みと感触は、「ダイジョーブ、私にまかせてチョーダイ」と語りかけてくれているようで、「よしよし、タノムぞ」と、やさしく撫でてあげたくなる。心強い。竿はいつも使っている〈がま石〉と、先日もらったばかりの、ウイスカーでできたとにかく軽いというふりだしも一本持っていくことにする。ウエアはどうしよう。秋磯でも思った以上に寒くなる時があるから、あなどってはいけない。磯の上で一日中、手はかじかむわ鼻水は出るわで釣りにならないなんてことになったら大変だ。シンサレートでできたジャケットを持っていくことにしよう。

さて、残すは仕掛けだが。釣りに行く前の日は、これを作るのが何より楽しい。仕掛けというのは、ハリとそれを結ぶハリス、そしてその周辺の道具類をいうのだが、石鯛釣りの場合は比較的単純で、関東では捨てオモリ式というのが一番ポピュラーだ。道糸の先に三ツ環という金具を結び、一方にハリ、もう一方に捨てオモリとなるオモリをつけた糸を結んだだけのものだが、凝り始めるときりがない。釣り人それぞれに「こうでなきゃダメ」というウンチクがあったりする。それも、その時々の状況によって変えていかなければならなかったりするから、実は「何が正しい」ということはないが、それを自分の判断で、ああしよう、こうしてみようと考えるのが楽しいのだ。僕はここのところ、ハリス(ハリを結ぶ糸ね)は、ワイヤー〈ワイロン〉を使うようにしている。従来のワイヤーに較べ、ずっとしなやかで、いかにも魚が抵抗なく「喰って」くれそうな気がするのだ。オモリは軽め、ハリは小さめが鉄則。オモリ30〜40号、ハリは13〜16号を使いわけるようにしている。今回は、きっちり九組作った。ハリもその場のエサや魚の大きさ等々に適応できるよう、大・中・小と用意した。

身支度を整えて外に出ると、一一月初めにしては冷たすぎるくらいの風。引き締まる感じ。気持ちが良い。車のトランクに道具を積む。忘れ物はないかな、と考えて、ふと気がついた。そういえば八二年のシャンベルタンが一本残っていたはずだ。あれを持っていこう。着いてから待ち時間に車の中で飲むってのも結構いいかもしれない。チーズもあったな。ちょっと固くなってるけど、パンもある。それらを車の後部座席に置くと、これでカンペキ。エンジンのキーをまわし、ギアをバックに入れると、ゆっくりと道に出た。ううむ、この感じ、この感じだ。うんうん、いいぞいいぞ。

平日の深夜の高速道路はガラガラで、単調な道程は僕をすぐに飽きさせる。ああそうだった。やっぱり釣りの一人行きというのは危ないのだ。行きはよいよい帰りはコワイじゃないけれど、帰りは決まって猛烈な睡魔に襲われる。僕もイネムリの経験はあるが、ありゃいかん。思い出すだにゾッとする。眠くなったら無理をせず、車を止めて仮眠。これに限る。……いつしか車は海沿いの国道へ。波の音を聞いた途端、気持ちがはやる。暗闇の中、海はほとんど見えないが、白い波頭がかすかに見える。どうやらなかなかに静かな海のようだ。うん、やっぱり海はいい。ワクワクがつのる。おさえておさえて。夜明けまではたっぷり時間がある。すべて良好。あとはヤクザかモモでエサを買うだけだ。ヤクザというのは、昔、初めてそこに行った時、店の親父の態度がヤクザのようだったからついた呼び名で、モモというのも同じように店の親父がモモを喰っていた、というただそれだけの理由でついた名前。あくまで僕の仲間うちでのみ通じる名。ちなみに今では、どちらも顔なじみの店だ。

「今日、ヤドカニある?」

ほどなくしてヤクザの店についた僕は相変わらず眠そうな顔でボーッとしながら出てきたヤクザに言った。

「ああ、無《ね》えな」

いつも通りの愛想のない応え。

「サザエならある。トコブシも、無《ね》え」

「じゃ、サザエ三キロほど、もらってくかな」

「…………」

返事もなく、水槽からサザエをとりだし、秤にのせるヤクザ。お金を払って店を出ようとする僕に向かって、

「今日は一人かよ。でっけえの釣れるといいなー」

そう言うと、うひっうひっという不気味な声を出して笑った。

結局、八幡野からもう少し先にある菖蒲沢《しょうぶさわ》の松の下という地磯まで足をのばすことにした僕だったが、そこに着いた時はすでに午前三時近かった。途中、モモのところでヤドカニも二〇匹ほど買えたし、これでエサも申し分ない。国道のわきに少しだけ車をとめるスペースがあるが、まだ一台も止まっていない。磯までは歩いて五分。一番乗りだ。準備万端文句なしである。

しかし、その時僕は、海釣りをする者にとって欠くことのできない大切な準備を怠っていたことに気づいていなかった。

車の後部座席からワインを取り出す。お、一緒に持ってきたチーズ、なんと、テット・ド・モアーヌじゃないの。さっきは気づかなかったけどこいつが残っていたか、よしよし。チーズを口に入れてワインをボトルごと持ってグビリ。ウー、うまい。用意してあったパンをかじって、またグビリ。いや実にうまい。すすむワイン。……ああ、うまい……なんかこう実に幸せな気分……ううむ。

……………………。

何かの音で目が醒めた。……イカン！　眠ってしまった。時計の針は七時過ぎを指している。なんてことだ！　三時間以上も車の中で眠ってしまったのだ。あわてて窓の外を見ると、ナ、ナントどしゃぶりの雨。他に車は一台も止まっていない。まさか、と思いながら車の外に出て遠く眼下に広がる海を見る。案の定の大シケ。こりゃ、ナライ（北東）の風に違いない。伊豆の東側でこの風が強く吹いたら、まず釣りにはならない。しまった。天気予報聴くのを忘れてた。途中、ヤクザも、モモも何も言ってなかったのに。唖然、愕然、呆然。ああもー、せっかくここまで来たのにー。完璧だと思ってたのにー。エサどうしよー。ヤドカニ二〇匹だぞ。一匹一七〇円だぞ。喰うわけにはいかないんだぞ。ああ、僕としたことが。あー。

あざわらうようにふり続ける雨。いっこうにやむ気配はない。しばらくして僕は淋しくその場所をあとにした。重く低くたちこめる濃い灰色の雲は、そのままその時の僕の心中を表しているようだった。ああ、家で寝てりゃよかった。

マルガリータの夜は更けて

久しぶりに椎名さんにあった。

椎名誠初カントク作品・映画『ガクの冒険』のオリジナル・サウンド・トラックCDが、いよいよこの八月に発売されることになったのだが、そのCDに付くブックレットに、カントク椎名と音楽担当タカハシの対談を載せようというたくらみが突然決定し、そういうわけで僕は事務所から歩いて数分の、とある日本料理屋へと足を運んだのだった。それは、六本木のはずれに位置する、かのマハラジャの隣のビルの中のいわゆる高級割烹風ここは六本木なの的料理屋〝よし邑〟というところで、なぜかここが今回の対談場所に指定されていたのだ。

約束の時間の少し前に店に入ると、ホネ・フィルムのスタッフが僕たちを迎えてくれた。ホネ・フィルムというのは、椎名さんの映画制作会社の名前で、『ガクの冒険』はその会社にとっての第一作ということになる。ちなみにその事務所は銀座の一等地にあるという。少し遅れて沢田クンが汗をぴゅんぴゅんと飛ばしながらやってきた。沢田クンというのはこのホネ・フィルムの一員で、『ガクの冒険』のプロデューサー。椎名さんは初めて彼を僕に紹介するときに、「こいつはねえ、バカなんですよ」と言った。

「椎名さん、大丈夫かなぁ」

肝心の椎名さんが遅れていることを心配したそのバカの沢田クンが言う。そうか、今回は新宿ではないのだな。ということは、〝またまた無理して買ったんだもんね〟ベルサーチ男、〝今でもわたしはイケイケなのよ〟娘や、マハラジャの前にたむろする黒服クンなどを横目で見つつ、そしてそれを迎える近頃ますます光リモノ度の増している黒服クンなどを横目で見つつ、「けっ、わしカンケーないもんね。わっせわっせ」と椎名さんはやってくるのだろう。

そう想像するだけで、そのアマリの「椎名誠的光景」に、僕たちはみな顔を見あわせてむふっむふっとひそかに喜びあうのであった。

ううむ。どうも文体が椎名さん的になってしまっているな。まあ、いいか。とにかくそれから一五分ほどして、お待ちかねの椎名さんが登場した。やあどうもどうもと挨拶を交わし、今日の対談の司会もやらされている沢田クンが「ええっと、『ガクの冒険』が大ヒットということで……」と会話を切り出すと、すかさず椎名さんが「その前にビールたのんでいいかな。ビールビール。生ビールね。まずはビール」とビールを連発した。僕は椎名さんに会うたびに思うのだが、実物の椎名誠というのは、やっぱりほんとに、あまりにもシイナマコト、なのである。そのかもしだす雰囲気は僕たちの持つイメージと寸分の狂いもなく、「オレ、シーナなの」と言っているよーで、どうもファンの一人であるこちらとしては、その迫力についつい負けてしまう。

対談の本来の目的は『ガクの冒険』におけるカントクのその演出力はサスガですねぇ、いえいえ音楽監督の存在も重要ですよ、そうですか、いやぁ、まいったなぁといったいかにもCDブックレット用ですよ的内容にする、というものであったはずなのだが、いや、少なくともスタッフ・サイドはそういうことを考えていたに違いないのだが、そんなことは、まぁ、さらりと済ましてしまった僕と椎名さんは、残りの時間のほとんどを、映画に対する夢や憧れやなんだかんだについて語りあったのだった。それはまるで高校生の会話のような、純粋で熱のこもったものだった（高校生の会話というものが、どれだけ純粋か、なんてことは僕は知らない。あくまでもヒユだ）。で、気がついたら三時間以上も「映画はスクリーン・サイズが命だ。ダダーン！」とか「いや、作家主義っていうのは……」なんてことを興奮ぎみに話していたのである。その中で、いくつかの約束がなされたことも僕には嬉しい出来事だった。たとえば今後○○は○○を務めること、そしてホネ・フィルムの○○○から は○○○に進出し、○○○では僕が○○しよう、などという胸躍る内容である（伏せ字になっているのは意地悪ではない。いわゆる企業秘密なのだから仕方がないではないか）。

対談も後半になると、他のスタッフたちも加わって、ほとんどホネ・フィルムの次回作の打ち合わせの様相を呈してきた。

　僕はこの日、対談が終わったら椎名さんにもう一軒つきあってもらうよう約束していた。以前、椎名さんと話をしていて「六本木や青山の気どった店は、わし、スカンもんね」という発言があり、それなら僕の行きつけの青山にある会員制のクラブに無理にでも連れて行ってしまおうではないか、と考えていたのである。

　そういえば、この映画の最初の打ち合わせの際、僕とマネージャーS、そしてプロデューサーの沢田クンは、椎名さんの呼びかけに応えて新宿の街に出かけていったのだが、「じゃ、もう一軒行こう」という椎名さんの誘いにのって二軒目に行ったところ、三〇分もしないうちに「じゃ、オレ帰るから。ゆっくり飲んでいってよ」と、椎名さんはさっさと帰ってしまったのだった。僕にとっては見知らぬ土地である新宿。そこにとりのこされた三人。仕方なくそこでしばらく飲んではいたが、「オレたち、なにやってんだろうね」と、不完全燃焼フェイド・アウトしたのである。その時のモヤモヤが、今回の青山行きをかりたてたというところもある。

「あのとき、僕、おかしかったんですけどね」。プロデューサー沢田クンが言った。

「椎名さん、帰りぎわに幸宏さんの背中をバンッとたたいて『高橋さん、よろしくタノムよ』って言ったでしょ。そしたら幸宏さん、『やることはやるけど、背中たたかないでほしいなぁ』って。あれおかしかったなぁ」

「あっ、そうか。そうだったね。あれおかしかったなあ」

椎名さんは沢田クンの言葉を繰り返し、まるでひとごとのように笑った。

青山のお店では、僕の兄が奥さんをともなって僕たちの来るのを待っていた。この兄は、椎名映画の音楽の実質的なディレクションを担当してくれたのだが、クレジットは一応、音楽助監督ということになっている。椎名さんとの対談が思いのほか長引いてしまったため、予定の時間を一時間近く遅れてしまったことに助監督の兄は少々イラついているようだった。

「あ、そうだそうだ。高橋さんにこれをあげようと思ってたんだ」

そう言って椎名さんがカバンから取り出したのは、椎名さんの新刊だった。椎名さんはその場でサインをすると、僕と兄、そしてマネージャーSにそれを手渡してくれた。兄の表情は急速にデレデレ状態になり、「昨日も椎名さんの本を読んでたんですよ、でへでへ」とだらしなく笑った。

「いや、僕もおにいさんと会いたかったんですよ。僕、おにいさん、好きだなぁ」

椎名さんの言葉に、兄はなおも相好をくずし、「そうですか、うひゃひゃひゃひゃ」と今度はけたたましい笑い声をあげた。

「じゃ、椎名さんなにか飲みませんか」

「えっとね、こういうトコ来たら、なんだっけ……あ、そうか、マルガリータ」

なんと、マルガリータ。こういうトコ来たら、そうなのだ。ま、しかし、酒全般にわたってゾーケーの深い椎名さんのこと、なにを飲んだからって悪いことはない。乾杯の後は、またまた映画の話に花が咲いた。お酒の力も手伝ってさっきよりももっと興奮して僕たちはしゃべっていた。お酒もうまい。楽しい楽しい。僕は思った。ふと見ると椎名さんは話をするばかりでお酒を飲んでいる気配がない。「椎名さん、飲んでないじゃないですか」と僕が言うと、「だって、ないんだよ、酒が」。なんと椎名さんはマルガリータを注文するたびに、どれもイッキに飲み干してしまっていたのである。

僕が「モデルさん」と呼ばれた日

六月一日、午前九時。正確にはそれを少しまわった頃、僕は神宮外苑の室内プール場にいた。この日、コム・デ・ギャルソンとヨージ・ヤマモトの日本で初めてのオム、つまりメンズのコレクションが、ここで行なわれることになっていた。そして何故僕がそんな時間にそんな場所にいたかといえば、なんとヨージ側のモデルとしてそのショーに出演することになっていたからだった。少し緊張しているせいか食欲はなく、朝食どころかお茶を飲む気もおこらない。昨日からの雨は今朝もまだシトシトとふり続いていて、天気までどうも元気がない感じだ。

しかしその時間からすでに忙しく動きまわっているスタッフたちにとっては、そんなことはまったく関係のないことのようで。場内を縦に渡るまん中のステージをはさんで、両わきに数千はあると思える客席の間をパタパタと走り抜ける者、座りこんで何かミーティングをしている一団、続々到着するモデル役の外人たちとそれを案内する着つけのスタッフ、ＰＡのチェックに余念のない音の関係者等々、会場内はあわただしい空気につつまれている。しかし僕はそれらの光景を見ているうちに、なんだかぐったりとした気持ちになってしまうのだった。

「オハヨー」

聞き慣れた声がした。ふり返ると、今回のモデルのひとりである細野（晴臣）さんが眠そうな顔で立っている。

「ちゃんと時間どおりじゃないですか」

「うん。しかし、みんなマジメね。モデル役の人たち」

細野さんは眠気の中にも少し驚いたような顔で言った。そうなのだ。まだ朝なのだ。おそらく、こんな時間から起きて働くなんてことは、僕も細野さんもあと五年はないだろう。ふたりとも徹底的な夜型だから、これだけでも、このイベントのすごさがわかる。

すごいといえば、今回のモデル陣。どちらのショーもいっさい既成のモデルは使わず、世界中のアーティストがそれを務めるのだという。ヨージ・ヤマモトの方のモデルは全員ミュージシャンで、ジョン・ケイル、エドガー・ウインター、チャールズ・ロイド、それにティアーズ・フォー・フィアーズやキュリオシティ・キルド・ザ・キャットの連中、フランキー・ゴーズ・トゥ・ハリウッドのお兄ちゃんたちなど。コム・デ・ギャルソン側のデニス・ホッパーやジョン・ルーリー、そしてその他のアクター、ミュージシャン、フォトグラファー、美容師、デザイナーといった色々な職業の、ひとクセもふたクセもありそうな顔の男たちばかりがずらりと揃う光景は、まさに圧巻。と、僕も出演者のひとりながら思ってしまう。だいたい重い腰の細野・高橋をひっぱり出しただけでも耀司さんの人徳というものがはかり知れるというものだ。昨日のリハーサルでの細野さんの開口一番も「ああ……引き受けるんじゃなかった」だったもんなぁ。

……かく言う僕も少しだけ同じような気持ちだったんだけれど。

でも、耀司さんに、「いいのいいの。いつものまんまで出てくれればそれでいいの。そのまま具合悪そうに出てくれれば」と言われると、まあ、そうだよな、という気になってくるから不思議だ。細野さんも、きっと僕と同じ気持ちだろう。

「そろそろランスルーを始めますんで、準備をお願いしまーす」

スタッフの声に促されてフィッティング・ルームの方へ行く。僕の着付け担当の女の子と何人かのスタッフが、近寄って来て言った。「山本から、幸宏さんの服を一部変更したいとのことで、リハーサルでの最初の出は、この組み合わせでお願いします」。

さし出された服をハンガーごと取って見ると、なるほど基本的には同じ形なのだが、色も細かいデザインも確かに昨日と違っていた。まわりを見渡すと、出演者はみな静かに思い思いに座ったり、床に寝転がったりしている。実は彼らは一様に陽気で、昨日のフィッティング・ルームはパーティー会場のような騒ぎだったのだが、さすがに朝からはしゃぐものはいないようだ。やがてギャルソン側の音楽が流れ、最終リハーサルが始まった。僕は黙ってシャツを脱ぎ、着替えを始めた。

まずはギャルソン、その後がヨージという構成の、それぞれ約三〇分ほどのショーはスムーズに進行し、ランスルーは無事終了した。ここにお客さんが入ったらどんな風になるんだろう、僕はそんなことを想いながらレストランに向かった。ところが、軽くサラダを食べ、ビールを二本飲むと、急に眠気が襲ってきた。本番までまだ三時間以上時間がある。フィッティング・ルームに戻り、床に座り、壁にもたれる。中二階になっているハシゴ段の向こう側の窓がすべて開け放たれていて、ちょっと肌寒いがキリッとした気持ちのよい風が部屋の中に入り込んできていた。雨はほとんどあがったようだ。

そのまま僕は眠りこんでしまった。慣れない早起きと初めての体験に、思った以上に疲れてしまっていたのかも知れない。

どのくらい経っただろう。人の気配にハッと目をさますと、すぐ横に耀司さんが座っていた。ニコニコしながら彼は言った。

「今、本当に眠ってたでショ」

「ええ」

そう返事をしたあと、今の自分なんか問題にならないくらい、耀司さん、疲れてるんだろうな、と僕は想った。なんてことのない会話を二言、三言。それから僕たちはしばらくの間、床に座ったまま、黙ってその大きな広い部屋の空気を眺めていた。

四時と七時、二回にわたって行なわれたショーの本番は、当然といえば当然のことながら、〝もータイヘン〟といった感じで大いに盛り上がった。二回とも、まるでコンサートか芝居でも観ているような大喝采、ピーピー、ワッセワッセの大拍手。山本耀司と川久保玲の初挑戦は大成功におわった。パリでは毎シーズン行なわれているメンズのショーではあるが、ヨージとギャルソン合同という、しかもモデルは全部別の業界の人という、そんな変則的なカタチで行なわれたこのイベントは、〝そのスジ〟の人たち、ならびに業界にとっては非常に大変なことで、ある意味では歴史的な事件なのだ。この「事件」に参加できたことは、僕にとっても大きな出来事だった。モデルとしての出演、というのはちょっと予想外であったが。

ショーのあとの打ち上げパーティーの席上、誰もが楽しく満足気に騒いでいる中、僕は細野さんと兄の信之とともに、片隅でゆっくりとその余韻を味わっていた。僕の兄はここ数年、ヨージ・ヤマモトのコレクションの音楽を一手に引き受けており、一年に何度もパリ—東京間を行き来している。コム・デ・ギャルソン側の桑原茂一氏同様、昨日の音楽も兄のプロデュース、ディレクションによるもので、彼もまたビールの杯を重ねながら、今日にいたるまでの様々なことをしみじみとかみしめているようだった。

というのはウソで、実際は、根っからの明るい性格を最大限に発揮しつつ、グワッハッハ、グワッハッハと笑っていたのだった。

歓声が飛び交い、幾重にもなる人の波にあふれる打ち上げ会場の中で、それにまぎれる耀司さんを見つけることは容易なこととは思えなかった。やがて僕がその姿を見つけたのとほぼ同時に、耀司さんも僕らに気がついたようだった。人をかきわけてやってきた彼は、僕や細野さん、そして兄の信之に向かって笑いながら、「おつかれさま」と言った。その顔は、昼間よりいっそう疲れては見えたが、何かをやりとげた男の、実に気持ちのいい、いい顔だった。それでいてなんだか淋しそーにも見える。祭りのあとの主人公というものは、いつもそんなものだと思う。僕はその時、あの雨上がりの午後の、ステージ裏のフィッティング・ルームの床に僕と並んで座って、何か想いながら空《くう》を見ていた耀司さんの横顔を思い出していた。

愛と哀しみのバイオ

わかっているようで実はよくわかっていない言葉というのがある。

たとえば、ファジー。ほんの数年前から、洗濯機やら掃除機、炊飯器などの新製品のうたい文句に、突如としてやたら付加されるようになったこの言葉。しかし、ファジー本来の意味は「あいまい」である。あいまいな洗濯機やあいまいな掃除機、という表記を、英語圏の人間が聞いたら何と思うのだろう。少なくとも、ゴミを吸いあげたような、吸いあげないような、そんなあいまいな掃除機を使いたいとは思わないだろう。

人間の持つ、経験やカンにもとづく数値ではあらわせない「あいまい」な判断をコンピュータにとりいれた、ファジー理論と呼ばれる技術を加味した製品、といった定義はまったく無視された状態で、言葉だけが拾いあげられ、乱用される。

言葉自体に罪はないのだが、そしてまたしっかりと意味をわきまえて使用している人にとっては迷惑なことでしかないだろうが、本来の意味はそっちのけで、それに抵触さえしないような無理矢理なこじつけで乱用される言葉というのには、やはりどうも抵抗感をもつものが多い。ファジーしかり、トレンドしかり、ちょっと古い例を出せばデジタル、これも誤用されることはいまだに多い。そして、やっぱり言葉のイメージだけは拾いあげられ、宙に「浮かされた」言葉に、「バイオ」というのがある。

その日、僕は伊豆にいた。目的は、「作曲する」ため、であった。今度プロデュースすることになった山本耀司氏におくる曲の構想を、コテージに閉じこもって集中合宿方式で練ろうではないか、という計画だった。

しかし、朝、起きてみると、外は心地良い高原の風が吹いており、陽射しはまぶしく、このまま部屋の中にいるなんて、ねえ、の陽気だ。僕はスタッフ数人をひきつれて、遅い朝食を摂りに車で街へ繰り出した。

梅雨の合間のさわやかな昼さがり。食事を済ませ、海沿いの街をぶらぶらして、さあ、コテージに戻ろうという頃には、既に午後の一時を過ぎていた。夕食までにはまだ四～五時間ある。「作曲をする」には充分な時間だ。

コテージに向かって車を走らせる。と、前方に、「伊豆バイオパーク入り口」の看板。ここで車内は突如として、その「伊豆バイオパーク」という特異な名前に話題が集中してしまった。なにせ「バイオ」なのである。バイオ・テクノロジー、バイオ・メカニクス、バイオ・ケミストリーといった言葉から連想する、何やら怪しい雰囲気がそこにはあった。頭の中をＤＮＡがかけめぐる。

「きっとさ、頭が牛で胴体が熊、みたいなのがいるんだよ」

「首が二本のキリンとか」

イーカゲンな推測が乱れ飛ぶ。しかし、それもしかたない。なんたって「バイオ」なのだ。

僕はつい、口走ってしまった。

「よし、行ってみよう」

小高い山の上を目指して走って行くと、ほどなくして「バイオ」の入り口が見えた。

「本当に入るんスか？　これ、ただの動物園なんじゃないんスか」

マネージャーのＳが、冷静な口調で言った。「それを言っちゃ、おしまいよ」と、僕はいきなり寅さんの気持ちになる。「バイオ」といったら「バイオ」なの。ただの動物園じゃ面白くもなんともないだろうが。この男は、いつも冷静なふりをしているが、実は何も考えていない。

チケットを購入し、ゲートをくぐる時、僕は少なからずドキドキした。まるで小学生のように、血走り目で「バイオ、バイオ」とつぶやいていた。血走り目の小学生なんてものがいるかどうかは知らないけど。

結論から言えば、そこは「ただの」動物園に他ならなかった。しかしそこはオリのない、放し飼いの広場の中をバスでまわって見学する、サファリパーク方式ってやつで、バスに向かってライオンが突撃してきたらどうしよう、と、僕は少女のようにおびえたりするのであったが、そこにライオンはいなかった。

バスはゆっくりと園内を回遊する。窓越しに見る放し飼いの動物たちは、皆、一様に疲れた表情で寝そべっていた。サイはピクリとも動かず、ラクダは縫いぐるみ化した状態で、死んだように寝ていた。本当に死んでいたかもしれない。途中、キリンが長い首をバスの方に向け、巨大な顔を窓にくっつけるなどしてアイキョーをふりまいたりもしていたが、当然、その首は二本ではなかった。

さっき、「これ、ただの動物園なんじゃないスか？」と暴言を吐いたSは、窓から見えるシマウマやダチョーにいちいち感動し、「おお、シマウマだ！」「ダ、ダチョーですよ、ほら」と、わめいている。おい、こら、そうやって写真なんか撮って、どうする気なんだ、まったく。

およそ二〇分ほどのバスの旅は、実にあっけなく終了してしまった。追い出されるようにしてバスを降りると、そこからは長い道程を歩かなければいけないことに、僕はその時初めて気がついた。

「近くに出口はないの？」

意識的に不機嫌を装ってスタッフにたずねてみたが、マネージャーSは入り口でもらったペラペラの地図を見ながら、いとも簡単に言う。

「ないっスね。この動物園の周囲をぐるっとまわったところが出口ですから。歩きましょう。おっ、出口近くには遊園地もあるみたいですよ」

僕はぐったりして、歩き出した。足が重い。Sはやせ細ったインド象だのフラミンゴだのの写真を無意味に撮り続けている。

この男は、ゆうべコテージに着いてまもなく、僕の愛車サーブを、道の端の溝に脱輪させてしまったのだ。近くに宿泊していた体育会系若者集団の手伝いで、何とか持ち上げることができたから良かったが、少しは反省の色というものを見せてもいいんじゃないか。ドウシテオマエハ、ソンナニゲンキなの?と静かな怒りがこみあげてきたが、口に出すほどの気力もその時の僕にはなかった。

結局、「バイオ」から連想される溌剌とした〝生命の息吹き〟など、何も感じられぬまま、僕たちは動物園に併設された出口近くの寂しげな遊園地で、いまにもレールが折れそうなコースターに乗ったり、サビだらけの観覧車で気分を悪くしたりしながら遊んでいるうちに、時間は刻々と過ぎてゆき、コテージに戻った頃にはまもなく夕食という時間になっていた。我々一行は、うなだれながらメイン・レストランへと足を運んだ。

そのレストランは、いくつもあるコテージの泊まり客に、集中的に食料を放出する、いわゆるバイキング方式だった。一日中歩き回った疲れもあってか、食欲を完全に喪失していた僕は、ぼんやりと周囲を見渡す。と、ポロシャツのエリを立てたボーイズ&ギャルズのグループが、大量に食料を盛った皿を前にして、「カンパーイ」などと元気にビールのジョッキをかかげている。僕たち以外の、いくつもあるグループが、異様なくらいに同じような顔で、同じような格好でテーブルに向かっている姿は、ぞっとさせられるものがあった。なんでこんなに元気なのだろう、と、さっきSに対して思ったのと同じ言葉が再び頭に浮かんだ。が、同じ言葉ではあっても、その意味の点ではSに対するそれとは大きく異なるものだ。

それにつけてもバイキングにエリタテはよく似合う。多分、日中はテニスなどに興じたのだろう、日焼けした赤ら顔で、がしがしと食料を口に運ぶ。旺盛な食欲。うらやましいような気がしないでもないが、やっぱりなんかヤだ。クリスマス時にベイ・エリアのホテルに群がるカップルたち、というのが突如として僕の脳裏をかすめた。季節はずれもはなはだしいが、今、このレストランにいるエリタテ連中には、どうもそれと似たニオイを感じるのだ。

バイキングの料理の味、なんてものは大体想像がつくが、やはりそこも思った通りで、やれやれ、なのだったが、僕はそこでまったく突然に自分でもおどろくほどの怒りを感じてしまったのである。バイキングといえども料理。そこには、それを調理する人間というのがいるわけで、いったい彼らには料理人としてのプライドというものがないのか。

「俺ぁ、どうせ、こんなリゾート・ホテルのしがないバイキング専門コックだからよ」と、ひがんでヤンキーずわりしているコックの図が目に浮かぶ。しかし！　せっかくの材料を前にして、そんな風にひがんでいるだけでいいのか！　いかにして美味しく食べさせるかを日夜研究・努力してこそプロの料理人といえるのではないか！

もう少しでテーブルをひっくり返すような勢いで怒り出した僕を見て、横にいるスタッフのアコちゃんが硬直していくのがわかった。しまった。余計な緊張をさせてしまったかな。

だが、その時、脱輪男Sはまったく別のことで怒りをあらわにしていた。ローディーのエイジに向かって「食えよ。おまえ、絶対に食えよ」と、低い声で呟いている。バイキングだから、と、必要以上に料理を持ってきてしまったエイジに、責任とって残さず食え、と強制しているのだ。エイジは、口いっぱいにゴハンをほおばり、顔を真っ赤にし、鼻息を荒くしながら、「いや、あの、えっと……」と細い目をせわしなく動かす。

「食えよな。絶対に食えよな。ちゃんと食えよな」

呪文のように繰り返すS。

「食えよ食えよ食えよ食えよ食えよ」

うるさいなあ。

「いいよ、残したって」

僕が言うと、さすがにSは黙った。エイジはまた一心不乱に食べ始めた。ふんっふんっと、鼻息がなった。

「バイオパークねえ……」

初夏の夕日がゆっくりと山のむこう側に沈んでいくのを見ながら、僕はなんとはなしにそうつぶやいていた。

石垣はきょうも晴れだった

機体がゆっくりと高度を下げ始めた。思った以上に揺れは少なく、静かだ。窓から外をみると下には雲はなく、なんだかこんなにハッキリクッキリと見えるのが不思議なくらいに、海の間に点々と島が浮かんでいる。

南西航空。めったに南の島へは行かない僕は、その馴染みのない飛行機会社の名前に、もしや東京からプロペラ機で行くのではあるまいか、という不安を抱いていたのだが、それは余計な危惧というもので、なかなかどうして立派なジェット機だ。

南の島というのは、正確には石垣島のことである。七月初めから行なわれている椎名誠監督による映画『うみ・そら・さんごのいいつたえ』は、この石垣島を舞台にしたオール・ロケによる撮影。前作『ガクの冒険』に引き続いて音楽を担当することになった僕は、少しでもその雰囲気や熱気といったようなものを感じることができれば、と、現場の陣中見舞を兼ねて訪れることにしたのである。というのは、まあ、表向きの理由で、椎名さんの長篇進出第一作の監督ぶりを見てみたいという好奇心と、一緒にうめえビールを飲めたらな、という期待で、重い腰をあげた、というのが本当のところだ。重い腰、と言ったが、ふだんはそう重い方ではない。じゃあ、何が僕の腰を重くさせているかといえば、それはつまり、飛行機である。僕はとにかく飛行機が駄目だ。苦手だ。嫌いだ。椎名さんに事前に言われた「高橋さんもさー、来てくれよなー」のお誘いに、こうして応えている今も、時間さえあれば船で行きたいよー、とひたすら思うのである。いや、実を言うと船もちょっと苦手ではあるのだけれど。

ついさっき機内アナウンスで沖縄を通過したことを告げていたから、おそらく宮古島の到着はまもなくだろうなぁ、などと思っていると、ほぼ時を同じくして「当機はまもなく着陸いたします。どちら様もお座席のシートベルトを云々……」という例のアナウンスが聞こえてきた。スチュワーデスの声ではなく、なぜかそれは妙にねっとりとしたやさしい男の声だった。

強烈な太陽が照りつける滑走路に滑り込んだ飛行機は、しばらくするとその速度を落とし、ゆっくりと止まった。飛行機嫌いの僕は、かなりぐったりしていたのだけれど、着いてしまえばそこは地面。いくらか気をとりなおして、マネージャーのSに「着いたね。思ったより近いな。石垣島行きは何分ぐらい待つんだろう」といったようなことを話しかけた。「ええっと、そうスね、一時間半ぐらいっスね」。Sが歩きながら答える。この辺の島の空港は、飛行機から発着待ち合いロビーまではバスのような乗り物ではなく、歩いて行き来するのだ。「やっぱり、ここからはプロペラかな」。「いやージェットらしいっスよ」。僕の質問にいつものように、おそらく何の根拠もなく即答したSは、待ち時間についてはあまり興味がない様子で、「えーと、荷物はここで受けとるのかなー」などとつぶやいているのだった。僕はそんな彼を無視して、二階の喫茶兼レストランみたいなところに向かう。

　待ち時間一時間というのはけっこう長いなあと思いながら僕はアセロラジュースというのを注文した。まわりを見わたすと、右ナナメ前の席ではいかにもこちらの方面の土地の人と想われる、あの独特の迫力のある顔つきの年配の女性ばかりの五人連れがにぎやかに話をしている。となりは家族連れ風。その向う側では、これはまたいかにも都会からきた、僕たち、私たちみんなウキウキこれから南の島でオモイッキリなの的な、あまり頭の良くなさそうな若者団体が、ホントダッテ、うっそー、ダカラホントダッテイッテンジャン、だってぇ、う・そー、と例の調子でやっているのだった。

「いや、まいった、荷物は自動的に石垣行きに移してくれるんですって、ハジかいちゃってホント」

　そう言いながらマネージャーSが入ってきた。ボカァー最初からそう想っていましたよ、と言いたかったが言わなかった。

「お、ソーキソバってうまそースね。オレそれにしちゃおうー。スイマセーン」

とっくにアセロラジュースを飲み干していた僕は、すっかり時間をもてあましてしまっていて、マネージャーSの言葉はあまり耳に入らず、すこしイラついた気持ちになっていた。

石垣島行きの飛行機はやや小さめであったが、一応ジェット機。太りすぎのダックスフンドみたいなかっこうで宮古島空港を飛び立ったのだった。ややおびえつつその飛行機に乗ったのだが、正味一八分きっかりのフライトで石垣島の空港に着いた。朝、九時前に羽田を飛び立ち、すでに午後の一時を過ぎていた。

飛行機から降り立つと、そのあまりの暑さに僕はついクラクラッときてしまった。ふり返るとマネージャーSは「いや、暑いっスね、サウナですね」と言いながら、うれしそうに笑っていた。別にうれしいことではないのだが、僕もなんとなく一緒に笑ってしまった。あまりの暑さに、頭のどこかの線が一本プツーンといってしまったのかもしれない。

空港には今回の映画のプロデューサー、沢田君（この人は雑誌ターザンの編集者でもある）が、Tシャツ、短パン、麦わら帽子という夏休みの小学生三点セットみたいなかっこうでむかえに来てくれた（おまけに首からタオルもかけてた）。

「アレ、あんまり陽に焼けてないスねぇ。もう真っ黒になってると想ってましたよ」

マネージャーSが半分ちゃかし気味に言うと、

「プロデューサーですから……」

と、あまり答えになっていない返事をしていた。そして一同は、一緒に来てくれていた岡田さんの運転するワゴン車に乗り込む。岡田さんは、四万十川から手伝いにやって来た人で、椎名監督の前作『ガクの冒険』の時にはロケ地四万十川でのコーディネーターをつとめ、映画の中にも漁師役で出演していた人だ。初対面なのだが、椎名さんの本の中でもちょくちょくお名前を拝見していたので、なんだか初めてという感じがしなかった。何といっても温和な雰囲気の人で、今回、その達人技といわれる水中もぐりの腕を活かそうと、水中撮影を手助けにやって来たのだが、なかなかその撮影が行なわれないので、その時まで、車の運転手、その他何でもやっているのです、と、日焼けした迫力ある顔をほころばすのだった。

ホテルに荷物だけ置き、早速撮影現場を訪れる。民家の軒先を借りての撮影。泥まみれのスタッフにまじって、厳しいまなざしで役者の演技を見つめる監督の姿があった。

照明のセット替えを待って、ご挨拶をする。

「遠いところをよく来てくれましたー」

さっきまでの表情とは一転して、あふれるばかりの優しい笑みをもらす監督。その顔は真っ黒に日焼けしていて、もはや日本人の色ではない。「いやぁ、暑いですね〜」という僕の言葉に微かな笑みを浮かべながら、「でもね、高橋さんたちは良いときに来たよー。だいぶ暑さがやわらいできてるからね。ここんとこ」と言って首に巻いたタオルで汗をふく。Tシャツを一日に五枚は替えるという。麦茶も果てしなく何杯も飲めてしまうという。ただでさえ、映画の製作は大変だというのに、この暑さが加われば、その苛酷さはとんでもないことだというのがひしひしとわかる。「ううむ、がんばってるなぁ」と感心しながらも、あまりの暑さに僕はその場にウンコ座りという状況なのであった。

翌日、撮影隊は早朝からフル回転のようで、カントクは打ち合わせの時間がとれそうにもないとのことだったので、一〇時すぎまでゆっくり寝てしまった。ホテルの一階のレストランで軽く食事をした後、プールサイドでのんびりボーッとしようと想い、外にあるプールに向かった。人はほとんどいなく、ほんの数人の若者と、家族連れが一組だけだった。〝うん、よしよし〟と想いつつ、折りたたみイスをのばして横になる。

昼近くになった。石垣島の太陽は、ジリジリと照りつけ、肌をさすように攻撃的だ。それでもちょっと木陰に入ってしまえば、風はさわやかでなかなか気分がいい。半ばウトウトッと眠りかけた時だった。となりで声がするので、ポヨ〜ンとした目でなに気なく横を見た。一組の若いカップルがプール・サイドにイスをおいて何やらしようとしている。〝何だ何だ〟と思って見ていると、いきなり男が女をナナメに抱きかかえてイスにこしかけた。二人でホオをつけあって、カメラのオート・シャッターに向かってポーズをとっているのだ。ウワァーッ、嫌なものを見ちゃった。ああ、早くあっちに行け、シッシッ。と思ったとたん、今度はプール・サイドの隅のスピーカーからいきなり大きな音で歌謡曲が流れ始めた。

いやー、マイッタなあとグタッとしたところに、マネージャーSがあらわれた。

「こんなところにいたんですか。いやー、僕も朝ここに来たんですけど、ここ時々、デカイ音でこーゆー曲流すんですよねー」

君もなかなかいいところに来る。

「さっきフロントの横にレンタルサイクルと書いてあったけど、自転車乗って海の方まで行ってみようよ」

そう言うと僕はSをうながしてプールをあとにした。

自転車を借りて、街にこぎだすと、この太陽は我々に敵意があるのではないかと思うほどギンギラギンに陽光を浴びせてくる。マネージャーSが、持参した観光ガイド地図を得意気に開き、幸宏さん、ここ行ってみませんか、などと言う。君、こんなもの街中で広げんのはやめなさい。と僕は応えつつ、それをたよりに海の方へ向かった。やがて二〇分ほど必死でこいでいくと、海に出た。海といってもそこは港といった感じで、何隻もの船がゆったりとつながれてゆれている。岸壁に自転車をとめてゆっくり息をすると、不思議にさきほどまでのギンギラ太陽が気にならなくなり、海からの風がやさしくここち良い。右手には海の沖合に向かって長く続く堤防がつき出ていて、何人かの釣り人が見えた。ウーン釣りがしたい。そんな風に想っていると、今まで黙って一緒に海を眺めていたマネージャーSが、

「ユキヒロさん、そこに〔石垣国際港〕って書いてありますよ。ちょっと入ってみませんか」と言いながら自転車のペダルに足をかけた。

正面入口に自転車を置いて入ってみると、中はガラーンとしている。階段を上がると二階には検疫とか、税関とかの横札のかかる窓口がある。それを見て、ああなるほど、ここは国際港なのだなあと思う。もう、すぐ海の向こうは台湾なのだ。外のバルコニーのベンチにはオジサンが二人、昼寝をしていて、ほほえましいというか、のどかというか、とにかくのんびりとした光景だった。

ホテルに戻る途中、マネージャーSが八重山そばという看板をかかげている店をめざとく見つけ、入ってみましょうと言うので、まったくお前は食い気だけは人一倍なんだからという顔をしながら、しぶしぶ中に入った。内心はお腹すいててうれしかったのだけど。

シンプルなさっぱりした八重山そばは、とても素朴で美味であった。扇風機のまわる店の中には、ラジオから何故かＨＩＳの「夜空の誓い」が流れていた。

結局、監督とゆっくり話ができたのは、滞在数日目、明日は撮休日という日の夜にな

ってからだった。その日、僕の実兄で今回の作品の音楽監督補をつとめる高橋信之が石垣島入りし、彼と、それに撮影監督の中村征夫さんを交えて音楽の打ち合わせをしよう、という名目でホネ・バーに集まったのだが、音楽に関する打ち合わせなどほんの数分で終わり、あとは映画作り全般にかかわる様々な思いをそれぞれが勝手に話すという状況になってしまったのだった。

ホネ・バーというのは、撮影隊の本拠地である民宿・白保の別館(ドレイ部屋と呼ばれる)の庭に作られた白木製カウンター&テーブルのみの青空バーである。椎名さんの映画会社ホネ・フィルムからその名がつけられた。カウンターの上には「いい娘おります。サービス抜群」と書かれた木製の札が意味なくおかれてある。我々はしかしそのカウンターには座らず、テーブルを陣どって馬鹿ばなしに花を咲かせていたのである。突然、椎名さんが妙に真剣な顔で言った。

「沢野のバカがね、おれがカツラだってウワサを流してるんですよ」

実はそのことを僕はその日の昼間、直接沢野さんの口から聞いていた。沢野さんというのは、いうまでもなく椎名さんの学生時代からの親友、沢野ひとし画伯のことだ。沢野さんは椎名誠カツラ説の根拠をこう言っていた。「だってさ、あの年であんなに髪の毛がフサフサしてるのって不自然だよね。こんなに暑いとこ来ても切ろうとしないしさ。それに、彼の頭ってなんか髪型自体がヘンでしょ。あれは絶対……」。そしてさらに、

「ボク、椎名クンのことは高校生くらいから知ってるんだけどね。彼、アタマを洗ってるところを人前で見せたこと、一度もないんだよね」。

そう言っていたずらっ子のような笑顔を浮かべて、ふひひひひっと笑っていた沢野さんの顔が目に浮かぶ。

ふと、椎名さんの方に目をやると、彼は思いのほか憮然とした表情。僕は言った。

「でも、どうせカツラにするんなら、わざわざそんな髪型にはしませんよね」

そう、そうなんだよね……と言いかけた椎名さん、しかし、その直後、一瞬目つきが鋭く変わった。こわかった。

いったん解散ということになったが、ホテルに戻ってからもまだ飲みたりなかった僕は、再度椎名さんを呼び出し、兄やSらとともに、最上階のバーでまた飲むことにした。すでにしこたま飲んではいたのだが、バーテンダーが勧めてくれた「泡盛のミルク割り」のうまさについついつい杯を重ね、おかげでずいぶん酔っぱらってしまった。良い気分がぐるぐるとまわっていた。みんなも酔っぱらっていた。最後には、ふだん僕のことを高橋さんと呼ぶ椎名さんまでもが「ユキヒロー、頼むぜぇ。たよりにしてっからなー」と叫んでいたのだった。飲んだ飲んだ酔った酔った。すみません、ミルクが切れてしまいまして、というお店のマネージャーの言葉をきっかけに、ようやくその夜の宴はお開きになったのである。

はじめて訪れた地で出会った石垣の人々は、みな笑顔の絶えることのない、気分の良い人たちばかりだった。

両サイドをさとうきび畑がびっしりと埋め尽くした道をタクシーで走っていると、はてしなく広がる青い空に、くっきりとした入道雲がもくもくと存在を誇示しているのが見える。対向車はほとんどない。と、向こうの方から五台のワゴン車がゆっくりと走って来た。スピーカーから何やらアナウンスが流れている。

「……車を運転する時は、必ずシートベルトをしめましょう……」

あわててベルトをしめる運転手さん。他の車が見えないこんなところで、五台の交通安全アナウンスカー、で、シートベルトねぇ、やれやれ、と思いつつ、その運転手さんを見ると、シートベルトをしめたふりだけで、左手でその端を握っている。「あ、運転手さん、しめてないですね」と僕が言うと、彼は「いやぁ、へへへへ」と笑いつつ、ワゴン車が通り過ぎるのを待ってベルトを元の位置に戻した。

一週間に満たない短い旅行ではあったが、充実した気分で僕は島を離れることが出来た。空港を飛び立った飛行機の窓から下を見ると、島の周囲をおそろしく透き通った巨大なリーフがとりかこんでいる。今度はいつ訪れるかわからないけれど、このまま何も変わってほしくないな、と、そんなことを思いつつ、またしてもおとずれ始めた飛行機の恐怖に突入していったのである。

集中合宿逃亡不可缶詰式レコーディング

「この地図を見たかぎりでは、このまま行けば突き当たりに〈ジェントリー・ヒルズGC〉っていう看板があって、それを左に曲がればあとはただ一本道ということになるはずだけどねぇ」

僕はそう言って、手にした地図からハンドルを握るマネージャーSの方へと視線を移した。

すでに一度道を間違えてしまった我々は、ふりだしに戻って白河のインターからやり直してみようと走り出したばかり。慎重になろうという自分自身に対する気持ちと、〝今度間違えたら、もう許さねえんだからな〟というマネージャーSに対する少々の苛立ちとがまざって、僕のしゃべりかたは何だか自分でもびっくりするぐらいに変に冷静ですました感じになってしまっていた。しかし、運転するマネージャーSはそれに気付く様子もない。

「この道であってるよね。いいはずだよね」

「いや、そうなんスけどねえ、んと、えーと、あっ、あったあ。そうそう、これでいいんだ。ばっちりだあ」

〝何がばっちりなんだよ〟と思ったが、とにかくとりあえずこれでなんとか無事に目的地につきそうである。僕は黙って車外に目をやった。周囲を田んぼと山が取り囲むこの道は、街灯も少なく、ひたすら暗い。

ここは福島県。白河のインター・チェンジから車で四〇分くらい山の中に入ったところにある羽鳥湖というダム湖の、そのすぐ近くにできた新しいスタジオにおいて、これから一〇日間ほどのあいだ、集中合宿逃亡不可缶詰方式で僕のソロ・アルバムのレコーディングが行なわれるのである。夏の初め、スタッフから「こんなスタジオがあるんですけど」という情報をもらった僕は、よし、それなら気分転換にもなるし、蒸し暑い夏の東京でうんうん唸っているよりはずーっと涼しく仕事もはかどるだろうし、それから湖や川で釣りなんかもできるだろうし、スタッフやゲスト・ミュージシャンなども避暑がてらにくれば一緒に遊べるだろうし、えーと、んとんと、つまり一石六鳥ぐらいになるのだから……ということを〇コンマ六秒ぐらいの間に考え、即座に「八月中の一〇日間ぐらい、おさえるべし」の指令を下したのだった。

そしてそのスタジオというのは、文字通り「逃亡不可」の場所にあった。当然、車なしでは身動きがとれない。あとで聞いた話だが、新白河の駅からタクシーで五〇〇〇円もかかるのだという。東京から新白河までの新幹線代が五〇〇〇円しないというのに。

　だが、その時僕たちはまだ、それがそんな山奥にあることを知らなかった。とにかく車はどんどん山の中に入って行く。周囲はさらに暗さを増し、行けども行けども目的地のスタジオの気配すらない。道はあっているはずだが、それはうねうねと曲がりくねった登り坂で、さっきから一台の車ともすれちがわない。僕たちと一緒に走っていた同行のスタッフ、エンジニアの中山君やレコード会社の平田君、うちの事務所の井島たちの乗ったもう一台の車はどうしたのだろう。

「幸宏さん見ててくださいよ、いいですか」マネージャーSが、突然車を減速させ、ライトを消した。何も見えない。漆黒の闇。マネージャーSは「ひっひっひっひ」と不気味な笑い声をあげ、「こわいですよねえ、真っ暗ですもんねえ、こういう時、見えなくてもいいもの見ちゃったりするんですよねえ」と言った。つまらない冗談である。いいから早く行きなさいっての。そう思った瞬間、道路に面して小さな墓場があるのが見えた。とにかくもう行こうよ、と僕が言いかけたその時、前方のカーブからゆっくりと光が動いて来た。対向車だ。マネージャーSがあわてて車のライトをつける。こちらもびっくりしたが、真っ暗な道でいきなりライトの光をあてられたむこうはもっと驚いたろう。すれ違ったところで急ブレーキをかけてその車は止まった。

「あんまり遅いんで、誰かが迎えに来てくれたんスかね」

「いや、違うみたいだ。運転してる人、車から降りて、なんか自分の後ろのバンパーみてるもの。違うよ、違う。行こ行こ」

本当いうと、僕は気味が悪かった。こんな所で車を止め、降りて何をやってるんだろうと思った。僕たちの車の方に向かって歩いて来たような気もしたが、「いきなりライトをつけやがって、危ねぇじゃないか！」と文句を言われたら面倒だ、という気持ちもあった。

「ついてきますねえ」

少ししてマネージャーSがバック・ミラーに目をやりながら言う。

「さっきの車ですよ。なんかやだなあ。ふりきっちゃいましょうか」

そうしてマネージャーSはアクセルを踏み込んだ。道が大きくカーブした急な坂だったものだから、僕は思わず両足をつっぱってしまった。

一〇分も走っただろうか。急に視界が開け、いくつかの建物が見えてきた。ふと前方を見ると、一〇〇メートルほど先の左側に何台かの車がとまっている。その道沿いにはペンションらしき建物がある。灯りもついている。漸《ようや》く到着できたようだ。やあ、良かった良かった。ミキサー中山、東芝EMI平田の先着組は、建物の外で、僕たちが着くのを待っていてくれた。ふたりは、ほぼ同時に言った。

「あれえ？　今ここの人が迎えに行ったんですよ、あんまり遅いんで心配して。途中すれちがわなかったですか」

や、まずい、と思った。とっさのことにうろたえてしまった僕は、いや、気がつかなかったよ、などと言ってしまった。大体、あんな真っ暗な細い山道で他の車とすれちがって気がつかないわけはないのだ。「ああ、そういえば……」と言いかけたマネージャーSのシャツをぐいっと引っ張り、正しく制する。ふいに後ろから車のライトが明るく我々を照らして近寄って来て、後方で停車した。中から人のよさそうな男性がおりてきて、笑顔で言った。

「いやぁ、スイマセン。さっきすれちがった時、そちらも止まったし、こちらを見ていたようだったんで、てっきりわかったもんだと想ってましたよ。……どうも、スタジオ担当の角谷です」。皆がけげんそうな顔で見る。僕はどうすることもできず、だらしなく「あれっ、でへでへでへ」とマネージャーSのシャツをつかんだまま泣きそうになりながら笑った。

翌日から行なわれた避暑地レコーディングは、万事順調に進んだ。合宿であるペンションから車で数分のところにあるスタジオは、こぎれいで実に快適、ミキシング・コンソールからブースを眺めた時の高い天井いっぱいまでの窓と、その外に広がる緑の木々がとても美しくて、やっぱりこういう自然の中のスタジオというのはいいものだなと思った。

連日のように日変わりでゲスト・ミュージシャンがかけつけ、レコーディングに参加・協力してくれた。それはとてもありがたいことだったのだが、その一方で、仕事とは直接関係ない事務所のスタッフやファンクラブOBなどがお願いもしないのに大挙押し寄せ、「幸宏さんの応援に来ましたぁ」などと言うのだった。が、実は彼らはほとんどリゾート気分であることを僕は知っていた。「ケッ、みんな自分が遊びたいから来ただけじゃないか。僕のレコーディングなんかどうでもいいんだろ、ケッケッケ」

そう僕は言い、彼らを煙たいものとして、仕事に集中することを心に誓った。

そんな調子で、レコーディングは毎日静かにしかし着実に力強くはかどっていった。が、仕事が終わって深夜の酒盛りゲーム大会が始まると、僕はそんな彼等と一緒になって、……いや、むしろ率先して、盛り上がった。朝日が昇る時間まで、飲み、騒ぎ、今ではとても口に出しては言えないわ的下品な言葉を大声でわめき散らすただのヨッパライと化すのだった。

たいていは夜中の一二時頃から飲み始める。宿舎のリビングに集合したスタッフ、ゲスト一同は、その日録ったテープを聴きながら、あれこれ話を交わし、よし、じゃあ、明日はこの部分の直しから始めようね、などと、するどく殊勝に反省しあったりする。

えらい一同。

しかし、それも始まって一時間もすれば状況は一変。マジメ話はいつしかバカ話へと移り、ゲーム大会となり、ついにはジェスチャー大会へと展開する。メンバーをふたつのチームにわけて行なうこのジェスチャーは、思いのほか体力を使う。終わると身体はへとへと、声はかすれている。しかし、何故かそんな時、僕たちは燃えた。本当にふらふらになりながら、熱い戦いをくりひろげたのである。それも連日。

何がえらい一同だ。

いや、それでも毎日きちんと朝から仕事を始めるのだから、やっぱりえらい。ま、朝といってもお昼頃からだけど。

時には三時過ぎくらいだったこともあるけど。

それにしても、お酒はよく飲んだなあ。出入りの酒屋さんが、店始まって以来の大量注文に、相撲とりの一行が来てるのかと思ったというくらいだから、その量はおして知るべしだ。

そんなこんなの合宿生活もあとわずか、となったある夜。今夜は少し静かにお酒を汲みかわすのもいいではないか、と僕は思った。が、そう思っているのは僕だけだった。ふと気がつくと、事務所の井島(女子)が人の五分の一ほどの小さい身体で(どんな身体だ)片手にグラスを持ったまま、「えとえと、んとんと、どんな調子ーいっ」などと言いながらミキサー中山の腕に手をまわしている。手をまわされたミキサー中山は決してうれしそうでなく、固い表情で周囲に助けを求めるが、他のメンバーもそれぞれに盛り上がっていて気がつかない。やっと気づいたマネージャーSとマニピュレーター木本が「こら、おめえ、ヨッパラッてんじゃねえよ」と彼女をさとすが、井島はいっこうに中山君のそばを離れようとはしない。その後ろでは経理の鳴沢（女子）が、ジトーッとした目でそれを見ている。経理鳴沢は、酒が入るとジト目になる。サックスの矢口（博康）君や高野（寛）君は、ファンクラブOBのユキちゃんや貴花田似のユミちゃんらとニコニコ顔でうなずきあい、高野君のマネージャー長谷川はデスクの橋本（女子）と口をとがらせてどなりあっている。長谷川は興奮すると口がとがるが、橋本は普段からとがっている。奥さんが先に寝てしまった森君（雪之丞＝作詞家）は、やはりただのヨッパライおやじ化して、グラス片手にうろうろと歩きまわりつつ、「篠塚ーっ！」とわけのわからないことを口走っている。井島は相変わらずミキサー中山のまわりをうろつき、ジト目の経理鳴沢は、黙って水割りを飲んでいる。

知らない人が見たら「なんじゃこれは」の状況。しかし僕はその光景を妙に冷静に見つめながら、なかなか良い気分に浸っていた。ううむ、この人たちと仕事をしたり遊んだりしながら過ぎていく夏というのも、これはなかなか楽しいことではないか、と思った。そして、僕は一同の喧騒を制するように言った。

「さぁー、ここでもういっちょうゲームしよ、ゲーム。やるよやるよ」

みんなが、テーブルに集まってくる。こんなことをやっててレコーディングは大丈夫かな、と頭の片隅に不安がよぎったが、ま、心配はない。これでいいのだ。この秋には、高橋幸宏の新作アルバムが、予定通りに見事に完成するに違いないのだ。多分、きっと。

……だったらいいけど。

料理は愛情

五カ月にわたったソロ・アルバムのレコーディングが終わった。

一年間の仕事の中でも、最も必要な仕事を終えることができ、毎年のことではあるけれど、一応ホッとした気持ちだ。

ここ数年、僕のソロ・アルバムのレコーディングは、初夏の声を聞くころからぼちぼちスタート、秋口に仕上げ、というパターンができており、そのあいだは、まったく一般の勤め人のように「規則正しい生活」を送ることになる。もっとも、その時間帯ということでは一般のそれとは大きく異なっていて、たいていは昼過ぎに家を出てスタジオに直行、深夜まで作業をしたら、家に帰って寝る、というもの。レコーディングも後半にさしかかると、休日は一切なくなり、その単調なスケジュールが連綿と繰り返されることになるわけで、そのことだけでも精神はかなりぐったりと疲れてしまう。

それでも音楽を作っていくということ自体は、もともと好きでやってきたことなので苦にはならないのだが（本当はなる時もあるが）、運動不足にはなるし、思考の形態は単一化してしまうような気がするし、だいいちスタジオという密室に閉じこもった陽のあたらない生活というのが、身体に良いわけがない。

食事は当然のごとくほとんどが店屋物で、和・洋・中・その他を、毎日店を変え品を変えしてみるのだが、どんなスタジオでも一週間もするとだいたいひと通りの店を経験してしまう。

と、今度はその経験にもとづいて、きょうはこのあいだのあの店にしよう、あそこのオムライス特製サラダ付きは量もほどほどで良かったもんな、とか、あそこのソバならまあまあだから昼はいつもモリソバにするのだ、とかと、自分の味覚にいいわけとごまかしをしつつ過ごしていくようになる。が、しょせんはごまかし。やっぱり飽きるものは飽きる。そのうち、オレ、もうゴハンどうでもいいもんね状態にはまってしまい、ますます不健康な生活へと進んで行くのである。

つまり、要するに、長期のレコーディングが終わったということは、この状態からの解放ということであり、それが僕にとって一番うれしいことかも知れないのだ。そういうわけで近頃は、食事、特に夕食にはたっぷり時間をとるようにし、また色々と食べ歩いている。

もともと食は細いが食べることは好きなので、都内はもとより郊外にまで足をのばすこともある。好き嫌いはというと、これがまったくない。知人にも、食べることとスキスキ人間がたくさんいるので、ひとりきりで食事というより何人かでということの方が圧倒的に多い。まぁ特別な事情でもない限り、本来食事はひとりぼっちじゃないほうがよろしいような気がするのだ。行きつけの料理屋やビストロ等でひとり背中を丸め、横顔には憂いを帯びた影などを漂わせて「オレは人生にやや疲れちゃってるのだ」ってな調子で座って酒を飲みつつ静かに食事をというのも、たまにゃあ悪かぁないけれど、それも毎日じゃ結局ただの寂しい孤独オジサンになっちゃうしなぁ。やっぱり嫌だ。

レストラン、食事処、料理屋等々というのは、それこそ星の数ほどあるけれど、正しいお店となると、これがそうはあるものではない。正しい店とはどんな店か。やはりその味、値段、雰囲気、サービスがほど良くバランスがとれているということ。そして何より料理に対する愛情である。その点、老舗と呼ばれるようなところはそのあたりが優れている確率は高いように思う。が、中には、昔からやってんだかんななめんなよ的ただただプライドばかりが鼻につくシニセというのもあってこういうところは客をひどく疲れさせる。

食べ物は値段だけではかれるものではない。高い方がうまいと一概に言い切ることはできない。もちろん、仕入れが高ければその分料理の値段も上がるという図式はある。それによって店のランクや場所柄といったものが決まってくるだろう。しかし、客がその料理をうまいと思うかどうかは別問題だ。たとえば寿司屋ひとつとってみても、同じくらいのランクの寿司屋なのに、うまい、そうでもない、という違いが出てくる。おそらくそれは、職人の腕はもちろんのこと、接客（サービス）、雰囲気、センス、さらに愛情のようなものが大きく関与しているに違いない。

味そのものは良いのに、行きたくない店というのがある。値段の高めな寿司屋に多いが、とにかく握り手が客にああだこうだとナンクセをつける、あれだ。注文するネタの順番から始まって、やれ「お茶のことをアガリって言うのは、最後に頼む時だけ言え」とか、「客は板前じゃないんだからムラサキといわずにしょう油と言ってくれ」とか、「今の時期はコハダじゃないよシンコっていうんだよ」とか、「寿司屋では酒はあまり飲むもんじゃない。飲むならビールは一本、酒は一合まで」なんてことを言う。ひどいになると、客をどなったりするところもあるよーで、なんでお金を払って食事をするのにいちいち怒られなきゃならんのか、と憤然としてしまう。

寿司屋だけではない、とかく日本のそこそこ高級風なレストランというのは基本的に勘違いをしているようで、「客より自分たちの方がなんでも知っていてエライのよ」といった態度のお店が多かったりする。それも新しめの店によくある現象のようだ。そういう頭の悪そうな店員の接客に出会うと、つくづく腹がたつものだ。

つい先日、親友の森雪之丞夫妻に食事に誘われ、青山の某イタリア料理店にでかけた。森夫妻によれば、そこはパスタがなかなかスグレもんだという話で、絶品は、マツタケかポルチーニのスパゲティだという。うーむ。それはいいなと即座にその誘いにのった。アットホームな素敵なお店を想像し、料理ばかりでなく、そこで過ごす時間に対する期待に心を躍らせた。待ち合わせの時間にやや遅れて店に着いた僕は、しかし想像とはまったく正反対のその雰囲気に、驚き、とまどいを感じた。メニューは一応イタリアン、だけどサービスの感じはフレンチという最近のイタめし屋にありがちのパターンで、つまりはちょっと気どっちゃってるのだ。それもいわゆる昔ながらの格調高く品良くという類のものでもなく、ただもうなんか妙に今風なのだ。

悪い予感が僕のコメカミあたりをチクチクと刺激した。

僕たちは前菜をパスタにして、マッタケ、キャビアの二種類のスパゲティをシェアすることにした。僕は量はあまり食べられないので少量にしてください、と支配人風の男にお願いした。ギャルソン然としたその男は、ちょっと顔をしかめ、困ったような表情をあからさまに僕に向けながらこう言った。

「あの、少量になさっても、お値段は変わりませんが」

そういうことじゃないの、僕は食が細いから、そのあとのメインが食べられなくなると嫌だな、と想って……。

急速にむかむかがこみ上げてきた僕は、少し強い口調でそう言った。支配人風に続き、いわゆるソムリエさんがワインリストを持って登場してきた。彼はイタリアンワインの協会の金銀のソムリエバッジをこれ見よがしに襟に輝かせながらやって来たのだった。そのワインリストにはヴィンテージ・ワインのラベルが丁寧に貼られてある。「イタリアのワインはあまりよくわからないけど、随分いいワインが揃っているようですね」と僕は言った。そして、「いや、すっかり目の保養をさせてもらいました。でも、クラシコなんかでいいんです」とつけ加えた。すると、そのソムリエさんは、エッ⁉という感じで、「キャンティ・クラシコだったらウチのハウスワインの方がよっぽどおいしいですがねぇ」と言った。だったらもちろんそれをお願いします、と僕は言ったのだが、その時のそのソムリエの顔は「ウチはいいワインを揃えてんだかんな。ワインリストを眺めるくらいだったら、もっとましなワイン頼めよな、バーロー」という感情がむき出しであったのだ。

僕は、あーあ、またここにもこんな風な貧しいシソーの勘違い野郎がいるのだな、と、ぐったりしてしまった。

森夫妻の名誉のために言っておくが、それはその日がたまたまであったのかも知れない。しかし、味そのものよりも、それに附帯する様々のことが料理には不可欠だとすれば、作る側も食べる側も、お互いに愛情をもって接することが、やはり必要になってくるだろう。その店の料理がまあまあだっただけに、残念だ。

一二月に思うこと

一二月に入って、いろいろ気ぜわしくなると、なんだか時間に追われながら毎日を過ごすようになる。心の奥のどこかに、じりじりと焦りを感じ、ちょっと落ち着かない不安感に近いものが身体をぐるぐる取り巻いているみたいだ。実際、仕事の方も「年内にかたづけないと間に合わないんです」という類のものが急激に多くなり、「なんでイマになって、この期におよんでそんなに僕を責めんのよ」と言いたくなってしまう。

最近、いろいろな仕事で一緒にいることが多い兄の信之もやはり同じ状況のようで、「俺、もーメッチャクチャ忙しくてさー!」というセリフを、目をつむり、顔をぐじゃっとさせる独特の表情で、会うたびに連発している。そして「釣りに行く話はしないでくれよな。年内は俺、あきらめなきゃなんないんだから」というのもここんとこの彼の決まった口ぐせ。僕同様、石鯛釣りは何より好きだぜ、の彼にとって、それはとてもせつないことのようで、誰にというわけでもなく、半分怒り口調でわめく姿は、なんだか妙におかしい。

そんな兄の顔を見ながら、僕はふと、この兄にとって、今年の一年はいつもの何倍も大変な年だったのだろうなあ、と想った。

七月の初めのことだった。僕は椎名誠監督の映画『うみ・そら・さんごのいいつたえ』の撮影現場に陣中見舞いがてら見学に行くことになっていた。映画の音楽を担当した僕は、そのレコーディングのディレクションを兄に頼んでいたから、どうせなら一緒に石垣島に行こうではないか、と言っていた。兄はCM音楽制作会社の社長をしており、椎名さんの映画では、前作『ガクの冒険』の時も〝音楽助監督〟というヘンな肩書でディレクションを手伝ってもらっている。ふだんから、○コンマ何秒という単位でコマーシャル・フィルムに音をつけているプロフェッショナルなので、映画音楽の制作現場にいてもらうことは大変に心強い。

兄と一緒の石垣島撮影見学は、椎名さん自身からのお誘いでもあった。そして、そのお誘いには「（兄の）奥さんも同伴で」という言葉が添えられていた。兄の奥さんの典子は、実は僕の大学の同窓生でもある。

出発を一週間後に控えたある日、僕のところに兄から電話があった。いつもうるさいくらいに元気でしゃべる彼が、その時はなんだか随分沈んだ声のトーンだったので、僕はとっさに嫌な予感がした。僕は意識的に明るい声になって言った。

「なあ〜に？　石垣にもっと早く行こーよとか言うんじゃないだろうね」

「うん。……実はさ、俺、遅れて行くよ。典子が病気になっちゃって、多分二日頃になると思う」

視界がすーっと狭くなっていくのを感じた。

「えーっ、ナニ、病気って⁉」

「骨腫らしいんだ。足の股関節。とにかく、明日は入院して、悪性じゃないかどうかってことを検査しなきゃならない。その結果がわかるのに、一週間かかるらしい」

兄の声は、昔から何か大きな事件が起きたとき、いつもそうなるように、実に冷静だった。

僕は動揺していた。何と言っていいのかわからなかった。

「そうなのか、それじゃ、まず、ちゃんと検査してもらって、早く安心しなきゃね」

そんなようなことぐらいしか言えなかった。

「ああ、そうだな」

そう言って、兄は電話を切った。受話器を置いてから、僕は立ち上がって部屋を歩きまわった。その病気のことはよくわからなかったが、ただならぬ事態になったのだなあ、という思いが頭の中で渦を巻く。「骨腫。悪性」という兄の声が、その渦と一緒にぐるぐるとまわっていた。

　七月一九日の夜、僕はいつも兄と待ち合わせをする青山の店にいた。会員制のこの店は、いつも割合すいていて、従業員とも親しく、気軽に行けて便利な店だ。その日の昼間、典子の検査の結果をすでに聞いていた僕は、とても楽な気分でそこに座ることができていた。今のところ、悪性の可能性は非常に少ないという。ほっとした気持ちで傾ける赤ワインの味は格別だ。

しばらくすると、ひどくくたびれた面持ちで兄が入ってきた。

「どう？　典子の具合は」

「いやあ、足以外はどこも悪くないんだから元気なものよ」

いつもの元気な声だった。この一週間、まったくなにごともなかったかのようにふるまっていた兄だったが、内心はひどく辛かったに違いない。

「ま、あとは手術がうまくいくように祈るだけだよ」

　そう言って、

「俺にもなんか、おいしーいお酒ちょうだーい」

と、誰に向かって言うのでもなく、大声で言った。疲れていても、そこはやはりほっとした表情だ。

「あれ、幸宏、なんか元気ないじゃん。典子の方は大丈夫だよ。あいつ頑張るから。根性あるから。おまえ、明日から石垣島だろ。俺、あとから行くからさ」

も大声で笑った。

「それで、飛行機乗るのがイヤなのよ」

「あーそうか。おまえ飛行機嫌いだもんなあ。いいよ、落ちたらちゃんと線香あげてやるから」

何がいいんだかわからないが、そう言うと、「グゥファッ、グゥファッ」とまたしても大声で笑った。

それからの兄の頑張りは、はたで見ていても大変なものだった。典子の手術は無事終わり、まったく順調に回復に向かっていったのだが、三カ月近い入院中、毎日、仕事の行き帰りは必ず病院に立ち寄り、仕事が夜中に至ってしまう時でも「寂しがるからなあ」などと言い、「だから、なんとか仕事の合間に病院に行くように心がけているんだ」と話すのだった。見ているこっちは、兄の方が倒れてしまうんじゃなかろうかと心配になるくらいだった。が、兄はいつも、

「今日さ、典子がベッドから車椅子に自分で移れるようになったんだよ。あいつ、自分でやれるからと、時間かけてひとりでやるんだよ。頑張るよなあ、ホント」

と、そんな調子で、まわりの心配などまったく寄せつけず、またまた「ガハハハッ」と大声で笑うのだった。

現在典子は退院し、自宅でリハビリの毎日だ。もちろん、まだ満足に歩くことはでき

ない。おそらく、一年近くかかるだろう。妻が寂しがるからと、夜、外で酒を飲むことも極端に減った兄だが、つい先日、久しぶりに仕事の打ち合わせ以外の場で一緒にゆっくりと酒を飲むことがあった。

「最近、俺、料理がすっかりうまくなっちゃってさあ」

兄はそう言って、目の前のビールをぐいっと一気にあおった。そして彼はしみじみとした視線を遠くにやりながら、こう続けたのである。

「しかし、俺、今年はホント、いい年だったよ」

めずらしく静かに笑う兄をみて、僕は心の奥からこみあげてくるものを感じて、胸の中が急速に熱くなってしまった。

「そうか、いい年……ね」

「ああ、いい年だったと思うよ。うん」

兄はもう一度かみしめるように、そう言った。この人にとって、今年はきっと本当に幸せな年だったのだな、と僕は想った。

年々、時が過ぎてゆく速度は増していくばかりだ。こうして一年の終わりにその年をふり返ってみると、それを待っていたかのように、様々な記憶がよみがえってくる。頭の中からあふれんばかりの思い出たちは、たとえば今でも胸がチクチク痛むようなものだったり、また思わずうふうふとニヤけてしまうような楽しいできごとであったりもする。そのどれもが、輝きを持って心の奥にかかっている。うん、何はともあれ僕は僕なりに、けっこう幸せだったということかも知れないな、とそんな風に想うのである。

あとがきにかえて

自分の本が出版されるということは、とてもうれしい。
思えば、音楽の道に入り、プロとして二三年間もやってきた。
その間に随分たくさんの記録物《レコーディング・ノート》を世の中に送り出してきたわけで、
もしかすると自分の音楽における歴史というのも、
けっこうすてたもんじゃあないのかもしれないぞ、と思ったりするようになった。
反面、
あーあナ〜ンにもしない間にもうこんなに時間がたってしまったんだなあ、
とも、つくづく思う。
人生は、悪くない。もしかするとなかなか楽しいもんなのかも知れない。
そう思えるようになってきたのも、最近のことだ。
たしかに、人から悩み性と言われる我が身は、
絶えず、必要・不必要関係なくいろいろなことに悩み考え続けてきた。
自分勝手にキズつき、心は病み、
生きることをやめてしまいたいと思ったこともしばしばであった。

けれども、その度にまた希望を持ち直し、照れるけれども、
勇気を持とうとやってきたのも、たぶん本当だと思う。
人と出合うことは素敵だ。
いろいろな人たちとさまざまな人生の時間を共有することは、
何にも代えがたい、生きていくうえでの糧になる。そう信じている。
この本を書いている時期にも、たくさんの出来事があった。
書ききれなかったことはいっぱいある。が、とにかくも、
僕はこうしてこのような文章を書いて過ごしてきたわけで、
誰もが過ごしているのと同じ時間を、
悲し、せつなし、うれし、ハズカシで、僕なりにやってきた。
セ・ラ・ヴィ。まさにこの言葉通り。
これからの皆さんの毎日が、
いろいろな意味でホントに素晴らしいものでありますように祈りつつ、
最後にこの本を出版するにあたってご協力いただいたすべての方々に
感謝したいと思います。
どうも、ありがとう。
そして、最後まで読んでいただいたあなたにも。

特別の感謝を。

一九九二年二月一七日

星の輝く夜に

高橋幸宏

解説

大袈裟ではなく「世界一お洒落なミュージシャン」であり、純粋で、優しい心の持ち主。他にいないんです。

細野晴臣

＊本稿は文書によるアンケートにお答えいただいたものです（質問者：君塚太）

——本書の「お茶漬の夜」では、細野晴臣さんと高橋幸宏さんの出会いが綴られています。1968年、軽井沢・三笠ホテルで行われた慶應風林火山主催の「キャンドル・ライト・パーティー」に、細野さんは立教大学の3年生、バーンズの一員として出演。幸宏さんは立教高校の1年生、ブッダズ・ナルシーシーの一員として同じステージを踏みました。パーティー後、幸宏さんが泊まっていた別荘に細野さんが自転車で現れ、一緒にお茶漬を食べながら話をしたエピソードが記されていますが、この時の出会いで細野さんが覚えているシーン、初対面の幸宏さんの印象を教えてください。また、細野さんはなぜ、年下の高校生バンドに会いに行こうと思ったのでしょうか。

細野　夏休みの毎週末、軽井沢の三笠ホテルでそのパーティーに出ていたのが、松本隆も参加していた慶大のバンド、バーンズで、僕はそこでベースを弾いていました。ブッダズ・ナルシーシーはいわゆる「対バン」で、彼らの選曲や演奏が素晴らしかった。特にドラマーがいいセンスのビートを叩くので、僕から声を掛けたのが幸宏と出会うキッカケになりました。僕が当時よくセッションしていた林立夫や鈴木茂も幸宏と同じ世代の高校生だったので、彼らを紹介したかったのです。その流れで幸宏の別荘に呼ばれ、のんびり自転車に乗って訪ねたんです。そこでギターを弾きながらサイモンとガーファンケルの「April Come She Will」を歌ったりしました。それを幸宏は興味津々で見ていた記憶があります。僕がお茶漬けをスプーンで食べたことも驚いたり喜んだりしていました。その後ＹＭＯで一緒に活動することになるとは、軽井沢の１日は運命が動く日だったと思います。

――細野さんは当時、幸宏さんだけではなく、同じく高校生であった鈴木茂さん、林立夫さん、小原礼さんなどに出会われています。彼らのことは細野さんの目にどのように映っていたでしょうか。また、その中で幸宏さんの個性とは、どのようなものだったと感じていましたでしょうか。

細野　そうなんです。おそるべき高校生たちでした。今も感じていることですが、どうやら世代的な特徴や、センス、ムーブメントなどがあるようで、事実、彼らが次の音楽界に大きな影響を与えたことを考えると、彼らに対する当時の自分の驚きは的を射ていたわけです。同じ名ドラマーの林立夫と幸宏とは感覚が異なり、林くんはドラミングの天才ですが、幸宏はファッションに敏感でポップな音楽を創るクリエーターの側面があります。その後の幸宏は僕から見ると、決して大袈裟ではなく「世界一お洒落なミュージシャン」だとつくづく思いました。

――「み〜んな嘘つき」では、1980年、YMOのワールド・ツアーでの一場面が描かれています。10月のイギリス・オックスフォードから始まったこのツアーは、フライトでの移動も多く、飛行機に乗ることを異常に怖がる幸宏さんがメンバーやスタッフからからかわれ、あきれられるエピソードです。また、「恐怖のお城スタジオ」では、加藤和彦さんのレコーディング（81年『ベル・エキセントリック』）でパリ郊外のシャトー・スタジオ（古いお城を改築したスタジオ）を訪れ、細野さん、大村憲司さんと同じ部屋で宿泊した際のエピソードに触れています。ここでも幽霊を怖がる自分の姿を自虐的に幸宏さんは綴っています。幸宏さんとともにツアーを回り、レコーディングをした日々で、記憶に残るシーンがありましたら教えてください。

細野　シャトー・スタジオでの幽霊騒ぎでは、幸宏、大村憲司たちと別のホテルに移ったほど。本当に怖かった。でも実際に幽霊が出たという記憶はないんです。多分、幸宏も僕も多少不安神経症気味だったので恐怖には弱いんです。ホテルを移ってからは平穏に過ごせました。

ＹＭＯロンドン公演の合間に幸宏に誘われてお洒落街のキングス・ロードに出かけたんですが、幸宏は街にいっぱい並ぶファッションの店全てをチェックし、一度店内に入るとなかなか出てきません。僕は待ちくたびれて外にいる方が多かったんです。そういえば、当時奇妙なジーンズが出始め、いち早くそれをゲットしたのも幸宏のおかげです。マリテ＋フランソワジルボーというブランドの、特徴のある膨らんだジーンズで、ロンドンでもまだはいている人が少ない時期、幸宏も僕もそれをはいていたので、かなり目立ったんじゃないかと思います。

――「一九八八年・夏」では、ソロ・アルバム『ＥＧＯ』のレコーディングの時、幸宏さんがかなり精神的に煮詰まっていたことが告白されています。そんな時、レコーディングに参加した日でもないのに、細野さんがふらりとスタジオに現れ、幸宏さんと二人でカフェに行ったそうです。そこで、細野さんからラテン語の「テラ・インコグニータ」（未知の領域）という言葉を教えてもらい、幸宏さんは明日に立ち向かう勇気を得たとのエピソードが書かれています。幸宏さんにとっては、細野さんのその言葉が長く記憶に残っていたようですが、細野さんは幸宏さんが語った言葉で印象に残っているものはありますでしょうか。

細野　そうなんだ！　いや、実を言うと僕は自分が言ったことを覚えていられないんです。考えて言っているというより、その場の直感で放言しているだけなので……。でも逆に僕が過換気症候群で苦しんいる頃、TVの音楽番組で生出演する間際に発作が起こったのですが、幸宏は言葉ではなく、僕の体を支えながらカメラの前に出て行き、助けられたのです。なんと優しいんだと思いました。

——改めて考えるミュージシャン（プレイヤー、ソングライター、ヴォーカリスト）としての高橋幸宏とは？

細野　まずはYMOを始めた頃、コンピュータのクリックと共演できた唯一のドラマーと言えるでしょう。ヴォーカリストとしても同様に、エフェクトをかけなくてもフランジャーをかけたような声は特別で、テクノ台頭期のヴォーカリストとして「フーマンチュウ唱法」を編み出したことは画期的です。ソングライターとしての功績は「ライディーン」の大ヒットによってYMOがブレークしたこと。幸宏にとっても画期的だったと思います。

——細野さんが長年の付き合いの中で感じた、一人の人間としての幸宏さんの性格、内面、人柄。あるいは、ある種の可愛らしさなどを教えてください。

細野　幸宏独特のコミュニケーションは、時に初対面の人が戸惑うこともあります。挨拶の仕方にしろ、「ユキヒロってる」という形容そのものでした。僕たちはそれを見て面白がっていたものです。しかしその内面は母をなくした子供のような、不安気で純粋で、優しい心の持ち主です。もうひとつ。僕との漫才的な相性が抜群で、つっこみをしてくれる相方をなくした今、お笑い的な面で孤独になりました。他にいないんです。

（音楽家）

本書は『犬の生活』(一九八九年、JICC出版局)と『ヒトデの休日』(一九九二年、JICC出版局)を合本し、文庫化したものです。

今日では配慮する必要のある表現も含まれますが、作品発表時の時代状況を鑑み、原文通りといたしました。

◎文庫版編集=君塚太、荒木重光
◎カバー/扉写真=高橋喜代美

犬《いぬ》の生活《せいかつ》／ヒトデの休日《きゅうじつ》
二〇二四年 七 月二〇日 初版発行
二〇二四年 九 月三〇日 3刷発行
著 者 高橋幸宏《たかはしゆきひろ》
発行者 小野寺優
発行所 株式会社河出書房新社
〒一六二-八五四四
東京都新宿区東五軒町二-一三
電話〇三-三四〇四-八六一一（編集）
〇三-三四〇四-一二〇一（営業）
https://www.kawade.co.jp/
ロゴ・表紙デザイン 粟津潔
本文フォーマット 佐々木暁
印刷・製本 中央精版印刷株式会社

Printed in Japan ISBN978-4-309-42121-6

ブラザー・サン　シスター・ムーン

恩田陸　41150-7

本と映画と音楽……それさえあれば幸せだった奇蹟のような時間。「大学」という特別な空間を初めて著者が描いた、青春小説決定版！　単行本未収録・本編のスピンオフ「糾える縄のごとく」＆特別対談収録。

魚心あれば

開高健　41900-8

釣りが初心者だった頃の「私の釣魚大全」、ルアー・フィッシングにハマった頃の「フィッシュ・オン」など、若い頃から晩年まで数多くの釣りエッセイ、紀行文から選りすぐって収録。単行本未収録作多数。

服は何故音楽を必要とするのか?

菊地成孔　41192-7

パリ、ミラノ、トウキョウのファッション・ショーを、各メゾンのショーで流れる音楽＝「ウォーキング・ミュージック」の観点から構造分析する、まったく新しいファッション批評。文庫化に際し増補。

『FMステーション』とエアチェックの80年代

恩藏茂　41838-4

FM雑誌片手にエアチェック、カセットをドレスアップし、読者欄に投稿——あの時代を愛する全ての音楽ファンに捧ぐ！　元『FMステーション』編集長が表も裏も語り尽くす、80年代FM雑誌青春記！

憂鬱と官能を教えた学校 上 【バークリー・メソッド】によって俯瞰される20世紀商業音楽史　調律、調性および旋律・和声

菊地成孔／大谷能生　41016-6

二十世紀中盤、ポピュラー音楽家たちに普及した音楽理論「バークリー・メソッド」とは何か。音楽家兼批評家＝菊地成孔＋大谷能生が刺激的な講義を展開。上巻はメロディとコード進行に迫る。

憂鬱と官能を教えた学校 下 【バークリー・メソッド】によって俯瞰される20世紀商業音楽史　旋律・和声および律動

菊地成孔／大谷能生　41017-3

音楽家兼批評家＝菊地成孔＋大谷能生が、世界で最もメジャーな音楽理論を鋭く論じたベストセラー。下巻はリズム構造にメスが入る！　文庫版補講対談も収録。音楽理論の新たなる古典が誕生！

著訳者名の後の数字はISBNコードです。頭に「978-4-309」を付け、お近くの書店にてご注文下さい。